KB065321

모든 것은 영원했다

정지돈 장편소설

모든 것은 영원했다

초판 1쇄 발행 2020년 12월 17일
초판 6쇄 발행 2021년 12월 20일

지은이 정지돈
펴낸이 이광호
주간 이근혜
편집 이민희 최지인 조은혜 박선우 방원경
펴낸곳 ㈜**문학과지성사**
등록번호 제1993-000098호
주소 04034 서울 마포구 잔다리로7길 18(서교동 377-20)
전화 02) 338-7224
팩스 02) 323-4180(편집) / 02) 338-7221(영업)
전자우편 moonji@moonji.com
홈페이지 www.moonji.com

ⓒ 정지돈, 2020. Printed in Seoul, Korea
ISBN 978-89-320-3812-4 03810

모든 것은 영원했다

정지돈 장편소설

문학과지성사

차례

모든 것은 영원했다   7

참고문헌   208

정웰링턴은 꿈을 꿨고 꿈을 기억하는 것이 오랜만이라는 사실을 알았다. 그것은 아주 오래된 기억이었고 두 세계에 살고 있는 기분이었다. 인생이 두 갈래로 나뉘었고 언젠가 그 사실을 잊었지만 갑자기 떠올랐으며 떠오른 순간 인생 전체가 쏟아져 내리는 기분.

정웰링턴은 하나의 삶을 가지지 못했고 하나의 국가도 가지지 못했다. 정웰링턴을 아는 사람은 대부분 그를 오해하거나 경계했고 사랑해도 일부분만 받아들였다. 그에게 필요한 것을 아무도 그에게 허락하지 않았다. 꿈속에서 정웰링턴은 두번째 삶을 살았다. 또는 세번째, 네번째. 인간은 매일 꿈을 꾸지만 그것을 기억하지 못할 뿐이다. 정웰링턴은 그 사실을 깨달은 이후 다시 잠들지 못했다. 1963년 1월의 어느 날이었고, 어쩌면 2월일지도 몰랐다. 정웰링턴은 프라하에서 172킬로미터 떨어진 도시 헤프에 살고 있었다.

비밀 협력자

정웰링턴은 불에 타는 것들에 대해서 종종 생각했다. 불을 붙이면 재로 변하는 것들. 기존의 분자 구조가 무너지고 산소와 결합하면 온도가 상승하는 따위의 화학 작용들.

그는 자신의 몸에 불을 붙이는 걸 상상했다. 매일 밤 시간을 보내는 마호가니 테이블에 불을 붙이는 것을 상상했고 서가를 채우고 있는 책들에 불을 붙이는 것을 상상했다. 그는 어느 날 밤 의자에서 일어나 책을 꺼냈다. 『레탕모데른*Les Temps Modernes*』 No. 32, mai, 1948. 이 책이 왜 서가에 있는지 생각했고 14년 전 파리에 있던 며칠 동안 그의 손에 들려 있던 잡지라는 사실을 떠올렸다. 현피터가 쥐여준 것이었다.

1948년, 그는 하와이에서 출발해 로스앤젤레스에서 비행기를 타고 파리에 도착했고 열차를 타고 국경을 넘어 뉘른베르크로 갔으며 다시 국경을 넘어 헤프를 거쳐 프라하에 도착했다.

파리에 돌아간다는 말을 했던가? 파리의 공산주의자들은 어떻게 되었나?

한국인 공산주의자들은 더 이상 파리에 존재하지 않았다. 프라하에도, 하와이에도 존재하지 않았다. 백인 공산주의자들의 문제는 그들끼리 해결하라지. 정웰링턴은 생각했다.

예전에는 그렇게 믿었다. 공산주의는 국경과 인종, 성별과 나이를 뛰어넘는다. 자본주의는 반대다. 자본주의는 상이

한 욕망과 능력을 먹이로 성장하고 국경과 인종, 성별과 나이를 나누고 계급을 형성한다.

그러나 이제 모든 게 변했고 그는 이러한 변화를 설명할 수 없었다. 세계가 변한 건가? 내가 변했나?

단지 백인들의 공산주의 안에 그의 자리가 없을 뿐인지도 몰랐다. 그의 자리는 백인들의 자본주의 안에도 없었고 과학 안에도 없었으며 백인들의 문학과 철학 안에도 없었다. 사상의 자리는 사상 안에 존재했고 책의 자리는 책 속에만 존재했다. 내가 책 속으로 들어갈 수 있다면. 나의 세포가, 유전자 정보가 잉크로 변해 종이 위에 활자로 새겨질 수 있다면.

정웰링턴은 생각했고 책에 불을 붙였다. 바삭하게 굳은 『레탕모데른』은 잘 타올랐다. 그는 테이블 위에 재와 그을음이 떨어지는 것을 지켜보았다. 방 안은 연기로 가득 찼다.

방문 앞에 안나가 서 있었다. 그녀는 불을 끌 생각을 하지 않았고 창문을 열 생각도 하지 않았다. 팔짱을 끼고 정웰링턴을 지켜보았다. 손끝에는 담배가 들려 있었고 두 눈에는 아무런 감정이 느껴지지 않았다.

감정이 없는 저 눈. 파란색 눈동자 때문이야. 정웰링턴은 안나가 검은 눈동자를 가졌다면 두렵지 않았을 거라고 생각했다. 그에게 검은 눈동자는 내면을 뜻했다. 사악한 내면이건 선량한 내면이건, 그것은 내면의 증거였다. 푸른 눈동자는 내면이 없음을 뜻했다. 만일 내면이 존재한다면 그에게 이렇게 말할 것이다. 당신과 나는 상관이 없다. 당신은 내 안에 존재하지 않는다. 당신은 어디에도 존재할 수 없다.

그러나 그들을 죽인 건 백인이 아니고 우리들이지.

선우학원은 말했다.

선우학원이 말한 그들은 정웰링턴의 어머니인 현앨리스와 그녀와 함께 북한에 들어간 이경선 목사, 한흥수 그리고 그들을 북한으로 불러들인 박헌영 등이었다. 역사는 그들을 남로당, 남조선노동당이라고 불렀다. 현앨리스 일행은 1950년경 체코에서 북한으로 갔고 그다음 차례는 정웰링턴과 선우학원이었다. 그러나 다음 차례는 영원히 오지 않을 것이다. 북한으로 간 사람들은 죽거나 사라졌다.

선우학원은 정웰링턴에게 체코를 떠나라고 말했다. 로스앤젤레스의 가족에게 돌아가라. 나는 샌프란시스코로 갈 것이다.

선우학원은 웰링턴을 윌리라고 불렀고 윌리는 선우학원을 선우 씨라고 불렀다. 그의 어머니와 재미 한인들은 선우 군이라고 불렀다. 윌리와 선우 씨는 하와이와 로스앤젤레스, 시애틀을 오가며 교분을 쌓았다. 그들은 함께 교회에 다니며 신에 대해 이야기했고 미국 공산당에 입당했으며 공산주의 지도자 훈련학교에서 2주간의 교육과정을 거쳤다.

1947년, 선우학원은 시애틀 프런티어 서점에서 열두 권짜리 레닌 선집을 샀다. 윌리는 그의 집에 들러 갓 돌이 지난 아들을 반나절 봐줬다. 선우학원과 그의 아내 소니아는 시내의 극장에서 버트 랭카스터의 「잔인한 힘」을 보고 돌아왔고 윌리는 아들을 봐준 대가로 『제국주의, 자본주의의 최

11

고 단계』를 빌렸다.

정웰링턴은 레닌의 책을 돌려주지 않았다. 카우아이의 카우아페아 해변에서 책을 읽다가 고등학교 동창인 피노와 카울루쿠쿠이에게 뺏겨 바닷속으로 사라졌다는 이야기도 하지 않았다. 피노는 암초 위에 올라 책을 던졌고 레닌은 긴 포물선을 그리며 파도 속으로 사라졌다. 윌리는 친구들이 사라진 카우아페아 해변의 바닥을 해가 저물 때까지 짚고 다녔다. 발이 닿지 않는 곳은 잠수해서 들어갔으나 아래로 내려갈수록 눈을 뜨기 힘들었다. 그는 하와이에서 태어나고 자랐지만 물과 친하지 않았다. 물을 바라보는 건 좋지만 물에 들어가는 건 싫었다. 숲을 바라보는 건 좋지만 숲에 들어가는 건 싫었다. 카우아이의 자연은 신들의 정원이라 불렸다. 그는 신들의 정원에 대해 생각하는 게 좋았고 생각하고 말하고 글을 쓰는 것이 그가 할 수 있는 유일한 일이었다. 만성적이고 일상적인 노예 상태에서 벗어날 수 있는 유일한 길은 들어가는 것이 아니라 상상하는 것이다. 그는 카우아페아 해변 바닥에 가라앉은 레닌의 책을 생각했다. 제국주의, 자본주의의 최고 단계.

선우 씨는 말했다. 우리의 생각과 행위가 그들을 죽인 거라고, 믿음의 길은 죽음의 길이라고.

한국전쟁 이후 한국의 공산주의자는 모두 죽었다. 남한의 공산주의자는 월북하거나 살해됐고 전향했으며 북한의 공산주의자는 숙청됐고 처형됐고 유배됐다. 미국의 공산주의자는 비미활동위원회에 소환됐고 전향하거나 추방됐고 자취를 감췄다. 전 세계에 뿔뿔이 흩어진 몇몇의 공산주의자, 근거를 잃어버리고 희망이나 기대를 잃어버린 개인들은 이승만과 김일성에 대한 증오로 밤을 버텼고 운이 좋은 경우 정착한 공산국가의 일원으로 편입될 수 있었다. 연안파 계열이었던 여덟 명의 청년은 한국전쟁 직후 모스크바 국립영화학교로 유학을 떠났고 숙청을 피할 수 있었지만 북한으로 돌아올 수 없었다. 그들은 망명을 택했고 소비에트의 위성국가로 흩어져 이념을 이어갔다. 그들은 스스로를 모스크바 8진이라고 불렀고 역사의 어느 지점에서 정웰링턴과 마주치지만 서로를 이해할 수 없었다.

정웰링턴은 체코 사회에 편입되지 못했다. 그는 1903년 시작된 하와이 이민 1세대 집안의 자식으로 미국에서 나고 자란 미국 시민권자였지만 동양인이었고 정신적으로는 조선의용대 계열의 좌익 파르티잔이었지만 체코 비밀경찰은 그가 공산주의자라는 사실을 믿지 않았다. 그의 어머니는 북한에서 스파이로 지목당해 처형당했다. 그의 친구와 가족은 모두 미국인이었다. 정웰링턴은 프라하의 찰스 의대를 졸업했고(그는 체코에서 의대를 나온 최초의 한국인이다), 생화학과 유전학을 공부했다. 벽지의 보건소와 병원을 떠돌다 연구소에 들어갔지만 아무도 그에게 연구를 허락하지 않았다.

진정한 공산주의를 위해선 현재의 공산주의 체제를 부정해야 한다. 정웰링턴은 생각했다. 그러나 지금의 체제를 부정하는 것은 죽음을 의미한다. 그러나 지금의 체제를 인정하는 것은 공산주의가 존재한다는 사실을 부정하는 것이며 공산주의를 부정하는 것은 스스로를 부정하는 것이다. 그는 공산주의자로 태어났고 공산주의자로 자랐다. 그의 어머니는 공산주의적 유기체였고 그 역시 마찬가지였다. 공산주의가 일종의 화학물질이라면, 획득형질이 유전된다면 그럴 것이다. 그는 어렴풋하게 알 수 있었다. 사상은 물질이며 물질은 유전자를 변형한다……

안나는 정웰링턴을 이해하지 못했다. 그녀는 체코에서 태어나고 자랐으며 체코가 공산국가라는 사실을 스무 살에 알았다. 실제로 체코는 그녀가 스무 살에 공산국가가 되었다.

공산주의? 안나는 생각했다. 믿음과 관련 있는 자들은 위험한 자들이다. 그들은 혁명가나 투사, 성인이 아니라 욕망으로 가득 찬 야심가다. 그들에게 선택지는 두 개다. 죽음 또는 출세. 당신이 원하는 것은 무엇인가? 나는 둘 중 어느 것도 원하지 않는다.

그녀에게는 두 명의 아이가 있었고 첫째 얀은 첫 남편 샤프라네크와의 관계에서 태어났다. 둘째인 타비타는 정웰링턴과의 관계에서 태어났다. 타비타는 내년이면 학교에 입학할 것이다. 그녀는 윌리의 이마와 눈을 가졌고 안나의 붉은 머리칼을 가졌다. 타비타는 인종차별을 당할 것이다, 아이들은 처음 보는 외모의 소녀를 따돌릴 것이다. 안나는 생각했다.

웰링턴은 안나와 대화를 나눌 때면 하와이의 소년 윌리로 돌아갔다. 그는 레닌의 사상을 웅변했고 소련이 썩은 이유를 스탈린에게 돌렸으며 흐루쇼프에게서 새로운 희망을 발견했다. 흐루쇼프? 그 촌뜨기? 안나는 그를 경멸했다. 안나가 경멸하는 것은 두 가지였다. 시골 사내와 고집. 그리고 대부분의 경우 둘은 함께 존재했다.

정 웰링턴의 문제는 자신이 어느 시간대에 존재하는지 모른 다는 데 있었다. 그는 현재의 시간에 미래의 시간을 기입했 고 미래의 시간을 과거의 시간에 기입했다. 결과적으로 그에 게 현재는 거듭 후퇴했고 현재를 깨달을 때면 마비 상태가 되었다. 소년 윌리는 모든 것을 말할 수 있었다. 말할 수 있 다는 것은 아는 것이 없다는 뜻이다. 알게 되는 순간 할 말 이 없어진다. 이삭 바벨은 말했다. 나는 새로운 장르를 발명 했습니다. 그것은 침묵이라는 장르입니다.

그리스의 회의주의자 피론의 제자인 티몬은 스승의 말을 다음과 같이 전한다. 사물들은 똑같이 무구별적이고 불안정하며 미결정적이다. 이러한 이유로, 우리의 지각도 믿음도 참이나 거짓을 말하지 못한다. 그렇다면 우리는 지각과 믿음을 신뢰하지 말아야 하며, 의견도 경향도 동요도 없이 있어야 한다. 각 사물이 어떠한 만큼이나 어떠하지 않다거나, 어떠한 동시에 어떠하지 않다거나, 아니면 어떠하지도 않고 어떠하지 않지도 않다고 말하면서 말이다. 티몬은 그렇게 마음을 먹는 사람들에게 다음의 결과가 일어난다고 말한다. 그들은 우선 말을 잃고, 걱정에서 해방된다.

안나는 피론이나 티몬, 또는 다른 회의주의자인 아르케실라오스에 대해서 몰랐다. 그러나 그녀의 생각은 명백히 그들이 추구했던 바, 믿음 없는 삶을 지향하고 있었다.

회의주의는 너무 오염된 단어이기 때문에 그 시절은 물론이고 지금까지 사람들의 경멸이나 혐오를 자아낸다. 그러나 그리스의 회의주의가 말하는 믿음 없는 삶은 인류가 한 번도 도달한 적이 없는 형태의 삶이다. 어떤 이들은 반문한다. 21세기야말로 믿음 없는 삶의 전면화가 이루어진 시기 아닌가? 모든 것을 조롱하거나 희화화하고 냉소하는. 이분법에서 비롯된 이러한 구분은 회의주의와 믿음 없는 삶의 가능성을 편견의 폭풍 속으로 날려버린다.

안나의 사고방식은 어린 시절 이미 자리를 잡기 시작했고 연구소의 동료 이지 바차를 만나며 구체적인 실체를 획득했다. 이지 바차는 말했다. 판단은 유보되어야 하고 삶은 지속되어야 한다. 그 무엇도 그 이상은 아니다.

이지는 금색 머리칼을 지닌 오데사 출신의 사내로 다소 살집이 있었지만 우아하고 기품이 넘쳤다. 듣기로는 우크라이나의 귀족 가문 출신으로 마르크스주의자였던 그의 아버지는 10월혁명 당시 모든 것을 자진 반납했지만 모종의 오해로 농민들에게 살해당했다. 이지는 오만하고 엄격한 회의주의자였지만 말이 너무 많았고 술은 거의 안 마셨으며 담배는 가끔 피웠다. 안나는 그가 고통받고 있는 게 분명하며 그것은 성적인 이유 때문이라 생각했고 물리학에서 생물학으로 전공을 바꾸게 된 것도 그 때문이라는 소문이 있었지만, 이지는 터무니없는 말이라고 일축했다. 그의 말에 따르면 그는 전공을 바꾼 게 아니다. 생명체는 물리적인 존재고 이것은 유물론과 유사하게 들릴 수 있지만, 유물론자들이 생각한 것과는 다르다…… 그들은 아마 상상도 못 할 것이다, 양자역학과 생물학의 관계에 대해…… 상상력이 있다면 아마 공산주의 같은 건 만들지 않았겠지.

이지 바차와 안나, 정웰링턴은 1957년 8월 카를로비바리의 연구소에서 처음 만났다. 그들은 다음 문단에 나올 세 문장으로 요약할 수 있는 부르주아 분자생물학자의 의견에 대한 세미나를 열었고—단지 그들 세 명만이 참석한 반쯤은 사교 모임 형태의 세미나—그러나 당시에는 이러한 소규모 모임도 처벌을 각오해야 했다—그것이 회의주의자들의 모임이라면 더욱!—게다가 세 명 이상이 모이면 그중 한 명은 프락치라는 말도 있지 않은가—세미나에서는 우연과 필연에 대한 논쟁이 이어졌고 이는 이상주의자 정웰링턴과 회의주의자 안나의 만남으로 이어졌다. 이상주의자 입장에서는 이상주의가 그를 카를로비바리로 이끌었고 세미나에 참석하게 했으므로 이것은 필연이지만 회의주의자 입장에서는 그의 이상주의가 그를 모스크바도 평양도 아닌 유럽의 온천 휴양지로 우연히 떨어뜨렸으므로 우연이었다. 그렇다면 생명은? 체코에서의 삶이 정웰링턴을 죽음으로 이끈다면 그의 죽음은 필연적인 결과인가? 안나와 윌리의 딸인 타비타의 탄생은 우연적인 결과인가? 하나의 난자가 하나의 정자와 결합하기 위해선 얼마나 많은 우연이 거듭되어야 하는가? 우연이 거듭된다는 사실이 곧 우연이 아니라는 뜻 아닌가? 지금 시대에는 무의미해 보이는 이러한 논쟁이 그들에게는 행위의 근본 원칙이 되었다. 그러므로 당시에는 아무것도 무의미하지 않았다. 모든 행위가 유의미했으며 의미는 근본적인 원인이 있음을 뜻했고 그것은 영원불변의 법칙이 존재함을 뜻했다. 그러므로 모든 것은 영원했다. 그러나 이 문제는 이야기의 후반부에서 훨씬 더 복잡한 지점에 이르게 될 것이다.

모든 생명체는 그 자신의 분자적 보존이라는 근본적인 메커니즘에 근거하고 있다. 진화는 생명체의 속성이 아니다. 그것은 보존 메커니즘의 불완전성으로 일어나는 우연적 사건이다.

안나에게 그날의 토론은 인상적이었다. 우연 앞에 무력한 유기체의 불완전성을 인정하지 않는 윌리의 태도 때문이었고 그 태도에 자신이 끌렸기 때문이었다. 윌리는 경험의 영역과 관념의 영역에서 일어나는 불일치 안에서 숙고하는 모습이었다. 그것은 고집이 아니라 발전 가능성으로 보였다.

반면 정웰링턴은 우연을 세계와 생명의 근본 원리로 볼 수 없었다. 그와 가족의 삶은 의지적인 삶이었다. 의지적인 삶이 우연의 작동에 의해서 파멸로 이어졌다는 말은 의지의 무의미함을 의미했고 그건 곧 자신과 가족의 삶이 무의미함을 뜻했다. 그러니 안나가 봤던 건 사실 숙고가 아니라 절망이자 투항이었다. 그는 자신의 항복을, 어쩌면 안나가 받을 수 있을지도 모르겠다고 생각했다. 그렇게 된다면 그것은 더 이상 패배가 아닐 것이다. 이것이 변증법 아닌가?

안나 솔티소바의 아버지는 광부였고 안나의 전남편은 전기 기술자였다. 안나의 어머니는 독일어 교사였고 2차 대전이 발발하던 해 실종되었다고 아버지는 말했지만 안나는 나이가 차고 난 후 그녀가 전쟁을 빌미로 집을 나갔다는 사실을 알았다. 그녀는 그녀를 탓하지 않았다.

안나는 어느 즈음, 동료 연구원에게 정웰링턴이 자신이 처음 본 동양인이라는 사실을 겸허하게 인정했다. 물론 그가 동양인이라서 마음에 든 건 아니야. 그리고 그가 진정한 의미에서 처음이라는 것 역시 인종이나 민족적 정체성 때문이 아니야.

우리는 개개인의 인격에 개성을 부여한다. 수십억 인구는 생물학적 관점에서도 개별적이다. 심지어 유전적으로 동종인 일란성 쌍둥이조차 다르다. 염색체는 겨우 수십 쌍의 조합으로 수십억이 넘는 개별 존재를 생성하며 이 과정에서 우연은 돌연변이를 창조한다. 그러나 우리는 다르지만 곧 같다. 사람을 유형별로 나누는 것은 인간이라는 존재의 개별성을 무시하기 때문에 일어나는 일이 아니라, 개체 사이의 유사성을 우리가 추상화할 수 있기 때문에 일어나는 일이다. 생물학적인 요인뿐 아니라 문화적 행동 양식으로서, 심리적 유형으로서 그렇다. 안나가 어린 시절 스탈린그라드에서 봤고 (지금은 볼고그라드가 된 그 도시에서) 이후 프라하와 카를로비바리에서 본 남자들은 대동소이했다. 그들의 개별성은 일정 수준을 넘지 않았다. 그러나 정웰링턴은 선을 훌쩍

넘어 있었다. 그는 중세 시대의 수도승처럼 행동했고 비정상
적으로 깨끗했으며—그에게선 아무런 냄새도 나지 않았다.
심지어 겨드랑이에 코를 박아도 냄새를 맡지 못할 때도 있
었다—어떤 경우에는 유리처럼 느껴져 보이지 않았지만 각
도를 달리하면 안나의 모습이 비치기도 했다. 윌리는 개인
컵을 가지고 다녔고 개인용 식기와 수건을 사용했고 자리에
는 먼지 하나 찾을 수 없었다. 사람들은 그의 결벽성, 과묵함,
정체를 알 수 없는 연구 내용에 대해 쑥덕거렸고 미국에서
온 동양인이라는 출신에 신비주의적 음모론의 색깔을 덧씌
우기도 했다.

　　그러므로 그들의 만남에 일종의 무모한 동기부여, 인과
관계, 합리적 근거를 부여한다면 이렇게 말할 수 있을 것이
다. 안나는 동일성에서 벗어나 차이를 획득하고자 했으며 정
웰링턴은 차이에서 벗어나 동일성을 획득하고자 했다고, 정
웰링턴의 삶은 그가 공산주의를 유지하는 것, 버리는 것에
관계없이 차이로 이루어진 삶이었고—그래서 그는 그토록
공산주의를 원했는지도 모른다. 그것은 동일성의 철학, 평등
의 철학이었으므로—안나의 삶 역시 그녀가 이념을 거부하
는 것, 받아들이는 것에 관계없이 동일성이 반복되는 삶이라
고—그래서 우연만이 차이를 생산할 수 있다는 사실, 돌연
변이는 오로지 우연의 산물이라는 사실이 그녀를 사로잡았
다—그들은 서로의 엇갈린 위치 때문에 서로가 원하는 것과
반대되는 것을 추구했음에도 상대에게서 자신이 원하는 것

을 보게 된 것이라고.

　사람들은 안나와 정웰링턴의 결합을 정상으로 보지 않았다. 이지가 그들의 유일한 지지자였고 그러므로 가장 똑똑한 자와 가장 다른 자, 가장 강인한 자의 연합이 이루어졌다고 안나는 생각했다. 1958년의 일이었고 그해, 타비타가 태어났다.

새벽이었고 정웰링턴은 진통제를 사기 위해 집을 나섰다. 약국이 문을 열었을 리 없다는 걸 알면서도 그는 약국으로 향했다. 바로 연구소로 가면 될 일이야. 그러나 안나에게, 얀과 타비타에게 인사를 해야 하고 아침 식사를 해야 한다. 이렇게 이른 시간에 출근하면 이웃들의 의심을 살지도 모른다. 그는 정신병원에 전화를 해야겠다고 생각했다. 자, 여기 정신병자가 있으니 데려가시오. 그는 어제저녁 미스터 루다에게 한흥수가 사망했다는 사실을 전해 들었다. 교수님이 살아 계셨나? 정웰링턴이 한흥수를 본 건 1년도 채 안 되는 짧은 기간이었다. 그러나 한흥수는 잊을 수 없는 부류의 사람이었다.

한흥수는 도쿄, 빈, 베른, 프리부르에서 공부한 고고학자이자 인류학자로 훤칠하고 마른 몸에 길쭉한 얼굴을 지녔고 어두운 정장 차림에는 조금의 빈틈도 없어 얼핏 보면 그림자 같았다. 서른 살에 하빌리타치온이 통과된 천재였지만 농담을 할 줄 몰랐고—정확히 말하면 그의 농담은 사람들에게 두려움을 불러일으켰고, 프라하의 한인들을 챙기는 데 교수 월급 대부분을 썼다. 그를 아는 사람은 모두 그를 존경하거나 꺼렸지만 타인의 감정을 신경 쓰기에 그는 너무 바빴다. 정웰링턴은 한흥수의 소개 덕분에 프라하의 의대에 입학할 수 있었다. 한흥수는 프라하 동양학원 중정에서 처음 만난 윌리에게 미래가 보인다는 듯 이렇게 말했다. "스무 살에 혁명가면 마흔 살에는 살아 있기 힘들겠군."

한흥수는 김일성의 친서를 받아 1948년 북한에 들어갔

25

다. 김일성종합대학에서 사회학을 가르쳤고 조선물질문화유물 조사보존위원회의 위원장이 되었지만 1953년경 부르주아로 지목당해 숙청됐다. 죽었다고 생각했는데 10년이 지난 지금에야 강계에서 병으로 죽었다는 소식을 들은 것이다.

다행이라고 해야 할까? 슬퍼해야 할까? 죽은 줄 알았던 사람이 이제야 죽었다는 소식을 들으면 어떻게 반응해야 할지 정웰링턴은 알 수 없었다. 그가 죽었다는 소식을 들은 때와 실제로 죽은 때—1953년에서 1963년, 그동안 그가 존재했다고 할 수 있을까. 만일 그가 지금도 살아 있다면 그는 존재했던 거야, 그러나 그는 지금 죽었고 그렇다면 그는 존재하지 않았던 거야. 그러니까 존재는 결과에 따라 변하는 것이고 삶에는 연역법이 존재할 수 없다, 정웰링턴은 생각했고 자신의 생각이 말도 안 되는 엉터리라는 사실을 알았지만 다르게 생각할 수 없었다. 왜냐하면, 자신이 살아 있다면 자신은 존재했던 것이다, 그러나 내가 죽는다면 나는 존재하지 않았던 것이다, 그러므로 나는 존재하지 않았기 때문에, 나는 죽을 수밖에 없다.

정웰링턴은 문 닫힌 약국 앞에 한참을 서 있다가 발걸음을 옮겼다. 거리에는 사람이 없었다. 이 마을에는 영혼이 없다. 이곳은 프라하로 가는 길목이고 지옥으로 가는 관문이기 때문이다. 나는 영원히 죽음의 길목을 떠도는 죽은 사람이야. 카우아이의 안개와 바람은 죽은 자를, 죽은 신을 화장했을 때 일어나는 연기이며 그가 파리에 도착했을 때는 한

26

번도 해가 뜨지 않았고 열여덟 살이 된 1945년 11월, 뉴욕에 입항하던 날은 자기장을 품은 보라색 구름이 맨해튼 위를 떠나지 않았다. 외항선이 그단스크에 정박했을 때 함께 탄 선원인 레슬리 윙은 브로츠와프에 갈 거라고, 다시 배로 돌아오지 않겠다고 했다. 우리는 모두 죽은 사람들이야. 브로츠와프에는 발레단이 있었고 그것은 레슬리 윙에게 주어진 마지막 선물이었다. 그는 윙에게 편지를 받았고 내용은 간략했다. 이곳에는 이상한 소문이 떠돈다. 사람들이 죽었고 그 수가 백만을 넘는데 누가 죽었는지 모른다. 수백만의 사람이 흔적도 없이 사라졌는데 죽은 사람이 누군지 모른다고 한다. 바로 옆에 살던 이웃이 죽었는데 이름도, 얼굴도, 목소리도 기억 못 한다. 죽었다는 소문이 있다더라. 사라진 이웃이 죽은 사람인가요? 윙이 물었지만 사람들은 고개를 저었다. 사람들은 사라진 사람과 죽은 사람을 연결하지 못했다. 왜인지 알아? 윙은 스스로에게 물었고 대답했다. 이곳은 지옥이기 때문이야, 지옥에선 생각을 할 수 있지만 생각을 연결할 수는 없어, 생각을 연결하는 것은 미래를 향한 행동이기 때문이야.

미스터 루다는 이제 친구처럼 느껴졌다. 정웰링턴이 그를 처음 만난 건 1951년 프라하의 카페 크바르테트에서였다. 그는 카푸치노를 마시며 공산주의 책과 생물학 책을 번갈아 읽고 있었다. 오후 4시경이었고 이 시각 크바르테트의 구석 테이블에 앉아 책을 읽는 것은 유럽 생활에서 그에게 주어진 가장 호사스러운 시간이었다. 해가 기울기 시작하면 창으로 길게 들어온 빛이 바닥에 마름모꼴 무늬를 남겼고 그는 책을 읽으며 무슨 말인지 정확히 이해할 수 없지만 체험할 수 있는 어떤 세계의 문을 열고 들어가는 기분을 느꼈다. 손에 든 담배는 시시각각 타들어갔지만 연기를 빨아들이지 않았다. 재를 떨고 다시 책을 읽었고 연기와 빛의 움직임을 보며 시간이 흘러가는 모습을 지켜보았다. 불안했지만 아무것도 잘못된 게 없고 사라진 것이 없으며 어떤 예감만이 존재하던 시절이었다.

루다는 인기척 없이 나타나 그의 맞은편에 앉았다. 그는 양철통에 담긴 사탕을 정장 주머니에서 꺼내 권했다. 담배는 해롭다는 게 그의 첫마디였다.

정웰링턴은 설명 없이도 루다가 누군지 알 수 있었다. 사탕을 권하는 행동은 일종의 의식 같은 것이다. 정웰링턴은 비밀경찰과 만난 다른 사람들에게 어떤 이야기도 듣지 못했지만—아무도 그런 경험을 공유하지 않는다—사탕을 양철통에서 꺼내는 루다의 행동이 수십 번 반복되었다는 사실을 알 수 있었다. 심지어 비밀경찰국에서 훈련을 받은 것일지도 모른다! 윌리는 사탕을 받았고 루다의 설명을 잠자코 들었다. 그날 이후 정웰링턴은 체코 비밀경찰국의 명부에 공식적으로 등록되었다.

Wellington Chung, secret collaborator/agent.

루다는 얼굴이 거대하고 몸이 말랐으며 웃는 모습이 자연스러운 남자였다. 숱이 많고 굽슬굽슬한 머리칼을 넘기며 러시아 문학에 대해 이러쿵저러쿵 이야기를 늘어놓는 사내. 그는 정웰링턴의 신분에 대해서 강조했다. 우리가 당신을 어쩌려는 게 아니다. 당신은 미국인이고 당신이 공산주의자라는 사실을 증명할 수 있는 건 아무것도 없다. 그러니 나는 당신을 도와주려는 것이다, 이곳에 뿌리를 내릴 수 있도록. 공산주의자라면 나와 이야기하는 것이 두려울 게 없다, 공산주의 이념을 믿는다면 친구들의 이야기를 해주는 것을 꺼릴 이유가 없고 대학교에서 들은 이야기, 미국에서 전해 들은 이야기를 해주는 것이 불편할 이유가 없다.

"이것은 무엇에 관한 책이오?"

루다가 물었다. 그와 정웰링턴은 헤프시 중앙에 있는 카페 프란츠에 앉아 있었다. 루다는 이제 살이 퉁퉁하게 오른, 낮은 언덕도 힘겨워하는 중년 남자였고 프란츠는 크바르테트와 조금도 비슷하지 않았지만 윌리는 과거가 떠올랐다. 꿈을 기억한 이후 처음 체코에 온 시절이 반복해서 재생됐다. 시간은 기억 속에서 거리를 상실했고 종이를 반으로 접어 펜으로 구멍을 뚫은 것처럼 의식의 지평 위에 14년 전과 14년

29

후가 겹쳐졌다.

윌리는 루다에게 책의 표지를 보여주었다. *What is life?* 루다는 소설을 읽지 않은 지 꽤 된 것 같다고 했고 그건 윌리역시 마찬가지였다. 윌리는 이 책은 소설이 아니라고 말하려고 했지만 그만뒀다. 이 책은 소설도 아니고 철학도 아니고 생물학도 아니다. 이건 그저 또 하나의 생각일 뿐이다……그러나 이것을 어떻게 말할 것인가. 왜 말해야 하는가. 소설은 가능성이 있을 때 보는 것이죠. 루다는 중얼거리듯 말했고 빛바랜 붉은 종이에 싸인 담배 한 보루를 건넸다. 이것은 당신과 안나에게 주는 선물이오. 그는 윌리에게 부탁할 일이있다고 말했다.

우리는 신세계의 진정한 일부가 되길 갈망한다

선우학원은 한국전쟁 발발 이후 비미활동위원회에 소환되었다. 당시 그는 샌프란시스코에 있는 장모 소유의 호텔 커니에 얹혀살고 있었다.

선우학원은 왜 공산당원이 되었느냐는 조사관의 질문에 다음과 같이 답했다.

1) 공산주의는 인종차별을 하지 않는다고 배웠다.
2) 공산주의는 빈부 격차가 없다고 배웠다.
3) 조선의 독립운동가는 모두 공산주의자였다.

그는 네번째 이유에 대해서 말하지 않았는데 그건 자신이 생각해도 듣기 불편한 편견이기 때문이었다.

4) 재미 한인 중 좌익이 아닌 이들은 모두 모리배다.

선우학원이 마르크스주의 철학에 끌린 것은 사실이지만 그건 마르크스주의의 내용 때문이 아니라 그것을 믿는 사람 때문이었다. 전경준, 이경선, 김강. 그들은 사리사욕이 없었고 대의를 위해 움직였다. 선천적으로 정의로움을 타고 난 사람처럼 자연스러웠고 행동에 숨김이 없어, 선우학원은 그 시절 이후 어디에서도 그런 사람들을 볼 수 없었고 그런 사람들이 존재한다는 말도 듣지 못했다고 생각했지만, 그런 것이 존재할 수 있나, 내가 지금 과거를 너무 미화하고 있나. 그러나 세월이 흐를수록 그들의 얼굴과 목소리, 움직임은 그의 기억 속에서 더 선명해졌다. 그들은 믿을 수 없는 방식으로 있을 수 없는 곳에 위치한 사람들이었다. 전경준의 삶은 노동의 연속이었다. 그는 국제적 프롤레타리아의 사주를 타고난 사람으로 처음에는 강원도 통천에서 농사를 지었고 1910년 이후에는 중국 화북 지방에서 농사를 지었으며 나중에는 시베리아로 건너가 임업 분야에 종사했다. 1차대전 기간에는 무르만스크에 체류하며 연합국의 포로로 전쟁 물자를 날랐고 종전 후에는 르아브르에서 부두 화물 노동자가 되었다. 1920년 노동 파업 후 선원이 되었고 뉴욕으로 밀입국해 뉴욕 조선인 노동자 구락부를 조직하고 본격적인 공산주의자로 활동을 시작했다. 1947년 로스앤젤레스의 인쇄소에서 처음 만난 날, 기름때가 잔뜩 묻은 얼굴의 전경준은 (기억 속 전경준의 모습이 지나치게 사진 속 식자공들과 유사한 것은 기억의 왜곡이 아니라 그 시절의 사진은 진실을 담을 수 있었고 그 이유는 우리의 삶이 사진에 담길 정도로 단순하고 정직했기 때문이라고 선우학원은 생각했고) 한참 아래인 선우학원에게 존대를 하며 선우 군도 공산주의자라면 알 거요, 자신은 농민 출신으로 일본 말을 못 하지만 일본인 밑에서 농사를 지었고 중국 말을 못 하지만 중국 상인들과 거래를 했고 소련 말을 못 하지만 전쟁에 참여했소, 할 줄 아는 불란서 말이라고는 실부플레밖에 없지만 배를 타는 데 별문제도 없었소, 배에서 영어 공부를 시작했는데 그때 그의 나이 스물다섯이었으며 스스로를 반벙어리로 생각했지만 화물선에서 만난 한인 노동자를 통해 공산주의를 알게 되면서 기적처럼 입이 트였지요, 공산주의는 의술이오, 그렇지 않소, 아픈 사람이 낫고 지친 사람이 일어나고 병든 나라를 치료하고, 반벙어리였던 내가 식자공이 되었지 않습니까, 라고 말했고 그러한 믿음은 이경선 목사도 마찬가지였지만 이경선은 전경준과 달리 매우 학구적이었다. 이경선은 신실한 기독교인이자 과학과 변증법적 유물론의 신봉자였지만 얼굴만 보면 영락없는 새카만 노동자였다. 선우학원은 1938년 여름 로스앤젤레스 흥사단 본부에서 이경선을 만났다. 이경선은 밤만 되면 그를 자신의 방으로 불러 낮 동안 채소 가게에서 일하며 꿍쳐 온 오렌지를 내어놓고는, 선우 군은 생의 목적이 무엇입니까, 라고 물으며 대화를 시도했지만 선우학원은 글쎄올시다, 라는 답밖에 하지 못했다. 하지만 시간이 갈수록 이경선의 목적이 그의 목적이 되었고 이경선이 토씨 하나 틀리지 않고 외웠던 『혁명방략대요革命方略大要』를 어느새 자신도 외우고 있다는 사실을 깨달았을 땐 자신도 모르게 공산주의자가 되었다는 사실을 알게 되었다. 2차 대전이 발발했고 이경선은 미군 전략정보국 OSS 소속 요원으로 산타카탈리나에서 훈련받은 후 중국 쿤밍에 상륙했다. 선우학원 역시 OSS의 제안을 받지만 그는 잠수함을 타고 북한에 상륙

33

한다는 얘기를 듣고 제안을 거절했다. 이경선은 자신의 믿음과 사상, 실천 사이에 아무런 모순도 느끼지 못했고 김일성과 북한에 대해 말할 때면 천국이 도래할 것처럼 기뻐했다.

선우학원은 1948년 10월 이경선 목사와 함께 "친애하는 김일성 동지에게"로 시작하는 편지를 썼다. 임화 시인 편으로 북한에 전달하려 했지만, 편지는 어찌된 영문인지 성악을 전공한 재미 유학생 남궁요설과 남조선의 김공석을 거쳐 다시 미국으로 돌아왔고 FBI의 손에 들어갔다.

편지에는 조선당원 대표 일원의 이름이 적혀 있었다. "조선당원 대표로 나성에 변준호, 김강, 현앨리스, 사항에 선우학원, 이경선, 뉴욕에 신두식, 곽정순. 이상 7인." FBI와 비미활동위원회는 이 명단을 활용해 재미 한인 공산주의자를 색출했다.

革命方略大要

Ⅰ. 한국 혁명운동에 있어서 의회를 과신하여 평화 외에 독립할 수 있다는 이론과 타협적 합법운동으로 독립을 성취할 수 있다는 이론이 있으나 우리는 이를 반대한다. 한국의 자유 독립은 오직 혁명적 투쟁으로만 취득할 수 있음을 확신한다.

Ⅱ. 투쟁 방법

1. 비폭력 수단

   1) 적법적 행정, 교육, 농공상 사회 등 악정책에 대하여 적법적으로 투탄함이니 효력이 미약할 것이나 투쟁훈련공작으로 실행할 것이다.

   2) 배일선전, 신문, 책자, 전단, 강연, 영화, 라디오 등을 이용하여 선전으로 투쟁한다(전단 배부는 비행기 사용이 좋을 것으로 사료함).

   3) 시위운동은 기회 있는 대로 국부적으로 전국적인 실행을 함(방식은 당시 형편에 의해서 할 것).

   4) 동맹휴업 학생들이 강당에서,

   5) 소작제의 농민들이 농촌에서,

   6) 파시 상인들이 점포에서,

   7) 소송거절, 적의 사법제를 거절하고

   8) 동맹파업, 직공들은 공장에서

9) 복무거절, 관리들은 관청에서

10) 경제단절, 납세거절, 일화배척, 공급단절, 채무거절

2. 폭동 수단

1) 암살: 적의 군정계 중요분자, 친일 거두 암살

2) 파괴: 교통기관(철도, 다리), 통신기관(전선, 방송국, 무선국), 건물(변전소, 감옥, 중요관청, 중요주택), 방법은 폭탄과 방화로

3) 폭동: 국부적으로나 전국적으로

4) 정기전: 국경에 무장단 및 무기를 배치하고 있다가 내외 호응하여 전쟁 개시함(유격전, 공중전 포함).

재미 한인 공산주의자들은 체코를 북한으로 통하는 창구로 활용했다. 정웰링턴과 선우학원도 북한을 위한 길목으로 체코를 선택했지만 알 수 없는 이유로 입국을 거절당했다. 선우학원은 다행이라고 생각했다. 체코에서 공산주의의 실상을 봤고 한국전쟁이 발발했으며 북한의 동지들은 모두 죽었다. 정웰링턴은 다행인지 불행인지 알 수 없었다. 그는 그런 판단을 할 능력을 점차 상실해갔다. 그러나 애초에 우리에게 그런 판단을 할 능력이 있었을까. 정웰링턴은 믿음과 회의, 위선과 위악의 세계를 부유했고 밤이 되면 절망 속으로 도피했다.

냉전이 본격화되고 미국에 남아 있던 재미 공산주의자들은 매카시즘에 의해 하나씩 추방 절차를 밟았다. 1956년 2월 곽정순, 이춘자 부부가 프라하에 도착했다. 1957년 9월 전경준, 송안나 부부가 프라하에 도착했다. 1962년 1월 김강, 파니아 굴위치 부부가 프라하에 도착했다.

미스터 루다의 부탁은 예전과 같았다. 미국에서 추방당한 공산주의자들이 프라하에 도착할 예정이다. 이름은 김강, 파니아 굴위치. 그들이 스파이인지 아닌지 확인할 것. 접근해서 대화와 행동을 관찰하고 이상한 점이 없는지 보고할 것.

정웰링턴은 전경준, 송안나가 온 1957년에도 동일한 작전을 수행했다. 너는 그들의 친구고, 친구들이 안전하게 생활하고 안전하게 북한으로 떠나게 하기 위해 돕는 거야. 양심에 걸릴 게 조금도 없어.

망명자들의 네트워크는 단순했다. 그들은 우선 프라하 스로 바로바가에 있는 조지 휠러와 엘리너 휠러의 집에 묵을 것이다. 조지 휠러는 1947년 미국에서 추방당한 거시경제학자로 망명자들의 왕이라 불렸다. 정웰링턴은 양자나 다름없었고 대학 시절 그의 집에서 1년 넘게 묵기도 했다. 그들의 딸 노라는 웰링턴을 무척 따랐고 그들의 개 올리버는 새하얀 몰티즈 종으로 웰링턴만 보면 사타구니를 다리에 비볐다. 웰링턴은 종종 올리버를 데리고 올샤니 공동묘지로 산책을 갔다. 유대인들의 묘지. 올리버는 포로수용소를 탈출한 개처럼 침묵을 지켰고 사람들은 개와 함께 묘지를 걷는 것에 관대했다. 개들은 우리의 친구고 어쩌면 유일한 친구일지도 몰라. 윌리는 파이프 담배를 피웠고 사람들은 동양인과 흰 개에 대한 어떤 힌트를 안고 떠났다. 사이페르트의 시는 윌리와 올리버를 만나면서 시작되었을지도 모른다. 조지 휠러의 집에는 망명자들뿐 아니라 시인, 소설가, 영화감독, 학생, 정치인, 사교계 인물들, 패션 디자이너, 작곡가 등 각양각색의 사람이 모였다. 모든 이가 배급을 받던 때로 먹고 마실 것이 부족했지만 미국 망명자 가족은 무슨 재주를 부렸는지 풍족했고—넙치 요리와 감자수프, 체코 전통의 돼지고기 요리와 체리파이, 프룬과 커스터드, 차와 포도주와 필젠 맥주와 베네딕틴과……—집은 넓고 방은 여러 개였으며 늘상 따뜻했고 방문객들은 농담과 아이디어, 재기가 넘쳐 인텔리겐치아 시대의 러시아나 벨에포크의 살롱을 떠올리게 했다. 더

구나 흐루쇼프의 탈 스탈린 발언 이후에는 분위기가 풀려 스스럼없이 미국 문화에 대해 얘기하는 경우도 있었다.

한번은 1956년 멜버른 올림픽을 다녀온 체조 코치가 코카콜라에 대한 이야기를 꺼냈다. 올림픽 기간 중 올림픽 빌리지에서는 총 8만 2천 병의 코카콜라가 소비되었다. 그런데 전체 73개의 참가국 중 코카콜라를 가장 많이 소비한 국가가 어딘지 아느냐? 다름 아닌 소련과 체코다. 그들은 1만 776병의 콜라를 마셨고, 이것은 전체 양의 13퍼센트가 넘는다. 이로써 우리는 알 수 있다. 금지는 욕망을 부추긴다. 공산주의는 자본주의를 성숙시킨다―마르크스의 생각과 정반대로!―스틸랴기들은 기숙사에서 게리 쿠퍼의 「달러의 지배」를 보고 공동 주거 아파트인 흐루숍카의 창밖으로 리틀 리처드의 「투티 프루티」가 흘러나온다. 사람들이 체조 코치에게 물었다. 그래서 당신은 몇 병의 콜라를 마셨소? 체조 코치는 갑자기 정색을 하더니 말했다. 그게 재밌는 점이오. 나는 한 병도 마시지 않았소. 더불어 내 주위의 체코 선수들 중에도 코카콜라를 마셨다는 사람은 한 명도 없거든.

사람들은 체조 코치의 농담을 즐겼지만 이후 휠러의 집에서 그를 볼 순 없었다. 그에 대해 이야기하는 사람도 없었고 코카콜라 이야기를 하는 사람도 없었다. 사람들은 변함없이 따뜻하고 쾌활했지만 정웰링턴은 휠러의 집 아래 흐르는 긴장감을 느낄 수 있었고 관찰자들이 어디에나 있음을 알 수 있었다. 심지어 자신도 관찰자 아닌가! 체조 코치는 호기심에 한번 휠러의 집에 찾아온 방문객이었을까 아니면 밀고자로 인해 사라진 것일까. 정웰링턴은 그의 종적이 몹시 궁금했지만 아무에게도 묻지 못했다.

미스터 루다가 접근한 것도 휠러 집안과의 관계 때문일지도 모른다고 웰링턴은 생각했다. 북한으로 건너갈 동양인 따위가 체코 정권에 해가 될 리 없었다. 문제는 휠러의 집이었다. 신경증적인 첩보전이 관료들의 시냅스를 자극할 때였고 사람들은 모두를 의심하거나 모두를 믿는 편을 선택했다.

정웰링턴은 무력했고 의무적으로 보고를 계속했다. 내가 말하는 내용은 아무런 영향도 끼치지 않을 것이다. 나는 밀고자가 아니다. 적어도 전경준과 송안나에 대해 보고하기 전까지는 그런 믿음을 유지할 수 있었다.

정웰링턴은 밤늦게 프라하에 도착했고 호텔 인터내시오날에 방을 잡았다. 조지 휠러에게 전화를 걸까 했으나 그만뒀다. 그와 보지 않은 지 2년이 지났다. 노라도, 엘리너도 보지 못했다. 노라에게는 매년 엽서가 왔고 정웰링턴도 답장을 했다. 몰다바이트가 그려진 엽서, 카를교와 첨탑이 그려진 엽서. 노라는 뮤지컬 영화를 좋아했고 마리카 뢰크가 나오는 뮤지컬 영화의 가사를 적어 보냈다. 나이가 들면 가수나 배우가 될 거라고, 둘 다면 더 좋겠죠, 그러면 뮤지컬 배우가 되는 수밖에!

노라에게도 공산주의라는 화학물질이 영향을 끼쳤을까. 지금이라도 늦지 않았다면, 진화의 방향을 바꿀 수 있다면 바꾸고 싶다고 정웰링턴은 생각했다. 그런데 어디로? 조타를 어디로 잡아야 하는지 알 수 없었다. 어차피 우연이 우리 앞을 가로막을 거라면, 어디로 변경하든 의미 없지 않을까. 타비타와 노라는 열 살 차이였고 노라는 한 번도 타비타를 보지 못했다. 타비타가 태어나기 전 윌리는 안나를 휠러 부부에게 소개했지만 그들은 맞지 않았다. 대화는 종종 빗나가거나 겉돌았고 침묵은 이르게 찾아왔다. 안나는 휠러 부부를 비겁한 사람들이라고 했다. 아니면 비열한 사람들이겠지. 윌리는 그건 너무 심한 말이라고 했다. 휠러 부부는 비열하지도 비겁하지도 않아. 그들은 더 이상 갈 곳이 없는 사람들일 뿐이야. 갈 곳이 없을 뿐 아니라 있을 곳이 없는 사람들도 있어. 안나가 말했다.

웰링턴은 컴컴한 호텔 방에 앉아 창문을 활짝 열어놓고 담배를 문 채 라디오를 들으며 일기를 썼다. 1962년 1월…… 안나는 말했다. 그들은 비열한 사람들이야. 윌리는 날짜를 쓰지 않았고 날씨도 쓰지 않았다. 사실상 그는 한 번도 일기를 완성하지 않았다. 일기에 그런 것이 존재한다면 말이다. 가끔 허구의 날짜를 쓰고 허구의 날씨를 썼으며 허구의 대화를 썼고 대화가 멈추면 쓰는 걸 멈추고 종이를 잘게 찢어 변기에 버리거나 불에 태웠다. 있었던 일을 기록하는 건 위험한 일이다. 없었던 일을 쓰는 건 오해를 부른다. 감정을 쓰면 의심받는다…… 있었던 일도 없었던 일도 동일하게 문제가 된다면 둘 사이에 어떤 차이가 있는 걸까. 정웰링턴의 어머니인 현앨리스는 미국의 스파이가 아니었다. 그러나 그녀는 스파이로 판결받았고 처형됐다. 이것은 단지 억울한 일인가. 진실을 밝히면 더 이상 억울한 일이 일어나지 않나.

그는 펜을 들고 한참을 망설였다. 바람이 몹시 차가웠지만 창문은 닫지 않았다. 눈은 그쳤고 거리에는 노란빛이 얼룩처럼 번졌다. 술 취한 두 명의 사내가 서로를 밀치며 비틀거렸고 강둑을 떠돌던 개 한 마리가 눈웅덩이 위에서 그 모습을 보고 있었다. 안나와 휠러 부부에 대해, 자신에 대해 할 말이 있었는데 그게 무엇인지 모르겠다. 자신이 멍청해진 건지 비겁해진 건지 알 수 없었다. 마음먹은 대로 말할 수 없다. 무엇을 마음먹은 것인지도 모르겠다. 하지만 그는 뭔가 하지 않으면 더 이상 견딜 수 없을 거라는 사실을 알 수 있

43

었고 이것이 그에게 주어진 마지막 기회라는 사실 역시 알
수 있었다. 김강, 파니아 굴위치가 도착했다. 파니아 굴위치
는 미국의 지인들에게 보내는 편지에 이렇게 썼다. "우리는
신세계의 진정한 일부가 되길 갈망한다."

전경준과 송안나는 1957년 12월부터 다음 해 겨울까지 프라하의 호텔 인터내시오날에 묵었다. 정웰링턴은 그들이 처음 호텔에 들어가는 날 함께했다. 호텔 인터내시오날은 사회주의 리얼리즘 양식으로 지어진 호텔로 원래 이름은 호텔 드로즈바였으며—드로즈바는 한국말로 우정을 뜻합니다—이후 호텔 체독으로 바뀌었으나—체독은 체코관광공사의 줄임말이지요—다시 호텔 인터내시오날이 되었고 호텔을 지을 당시에는 스탈린이 오프닝에 참석하길 바라는 마음에서 가장 유명한 예술가들이 모여 로비와 천장, 기둥, 난간과 복도, 2백여 개의 방을 장식했지만 스탈린은 호텔이 완공되기 전에 죽고 말았지요. 윌리는 부부의 짐을 들고 호텔 로비를 가로질렀고 전경준과 송안나는 윌리의 설명을 들으며 감탄을 하고자 했지만 감각기관이 마비된 듯 호텔의 규모에도 호텔의 장식에도 호텔의 역사에도 반응할 수 없었다. 벨보이와 리프트보이는 전경준과 송안나를 모른 척했다. 흔히 있는 일입니다. 윌리가 말했다. 모든 사람이 이런 식으로 굴진 않습니다. 아시아인 부부는 고개를 끄덕였다. 그들의 볼은 상기되어 있었고 입술은 꾹 닫혀 있었다. 프라하에 도착한 이후 두 사람은 말을 아껴야 한다는 사실을 알았다. 무심코 한 말이 어디로 향할지 몰랐다. 타인의 해석을 염두에 두기 시작하자 할 수 있는 말이 없었다. 저치는 지나치게 즐거워하는군. 저치는 불평불만이 너무 많아. 저치는 너무 과묵해…… 온갖 생각이 머릿속을 맴돌았고 믿을 만한 사람을 찾아 프라하를 두리번거렸지만 이 오래된 도시에 신뢰할 수 있는 사람은 아무도 없었다. 오로지 카를로비바리에서 가끔 그들을 방문하러 오는 윌리만이 온전히 믿을 수 있는 사람이었다. 윌리가 있어서 다행이오. 전경준이 말했다. 그는 예전에도 마른 사람이었지만 지금은 더 말라 보였고 사람들의 시선을 피해 고개를 돌리거나 머플러로 얼굴을 가렸다. 송안나는 윌리의 손을 여러 번 잡았다. 윌리는 그녀가 하고 싶은 말이 있다는 사실을 알았다. 윌리가 말했다. 지금 있는 연구소에도 안나라는 사람이 있어요. 러시아에서 온 친구인데 가깝게 지내고 있습니다. 송안나는 그 말에 기쁨을 드러냈다. 윌리는 잘할 거라고 믿는다고, 그녀는 여러 번 반복해서 말하며, 왜냐하면 나는 윌리의 어머니를 기억하고 그녀는 굉장한 여성이었다고, 9년 전 윌리가 어머니와 체코로 떠난다는 말을 들었을 때 그건 자신이 상상할 수 있는 가장 멋진 모험이었다고 했다.

그만두지 그래. 전경준이 말했다. 그는 호텔 방 안을 오가며 커튼을 치고 시트 아래를 살피고 욕실을 점검했다. 송안나는 입을 다물었다.

전차에 머리를 들이미는 꼴이에요. 안개 너머에서 불빛이 보이는데 도망치지 않고 오히려 불빛 쪽으로 걸어가는 것 같다고, 그건 집이 아니라 전차인데, 우리를 재워주는 게 아니라 짓뭉갤 거라는 사실을 알고 있는데 그리 걸어가는 거라고 안나는 말했다. 프라하에 도착하고 약속한 대로 북한 대사를 만나려고 했지만 무슨 일인지 그는 우리를 피했어요, 정확히 어째서 안 된다는 말이 없는 게 이상해, 다음에, 다음에, 다음에…… 동무 서두르지 마시오, 때가 되면 연락이 갈 거요…… 먼저 연락이 온 건 비밀경찰국이었고 이틀 동안 조사를 받았어요, 미국인과 체코인들은 똑같아요, 조사를 하는 사람들은 국적에 관계없이 모두 같은 사람 같고, 저는 있는 사실을 그대로 말합니다, 같은 이야기를 여러 번 반복하고 글로 쓰고 또 쓰고…… 그러나 관심 없었어요, 이유도 없고 관심도 없고 그러나 시간은 계속 갑니다, 저는 이상했고 불안하고 또 지칩니다, 이제 불친절은 더 견디고 싶지 않아요, 왜 사람들은 불친절하지요, 북한에 간다고 상황이 나아질까요, 경준은 아무리 말을 해도 듣지 않아요, 목석이 됐고 본래 무뚝뚝한 사람이지만 체코에 오기 전만 해도 이러진 않았는데 지금은 대화도 안 하고 눈도 안 마주칩니다, 욕조에 들어가서 하루 종일 나오지 않거나, 영문도 모르게 밖에 나가서 늦은 시간 술에 취해 들어와요, 경준과 조지 휠러는 만나면 이렇게 인사하죠, 반갑소 망명가 양반, 훌륭하오 투쟁가 양반. 경준은 혁명 놀이에 심취한 사람처럼, 대단한 망명 거

47

물이 된 것처럼 굴지만 집에 오면 우울증 환자가 되어 꼼짝도 안 해요, 약이 없으면 잠도 못 자고 한번 드러누우면 열두 시간이 넘게 움직이질 않습니다, 북한도 체코도 아닌 3국으로 가자고 하면 죽일 듯이 쳐다보지요.

송안나와 정웰링턴은 카페 슬라비아에서 만났고 식사 후에는 말라스트라나 거리를 걸었다. 날씨는 추웠고 하늘은 맑아질 기미를 보이지 않았으며 일주일 전에 내린 눈은 여전히 자리에 남아 먼지와 오물을 덮어쓰고 있었다. 그들은 안개에 싸인 페트린 언덕을 향해 천천히 걸어가며 이야기를 나눴다. 한국말을 알아들을 리 없지만 안나는 목소리를 낮췄고 정웰링턴은 고개를 끄덕이며 이야기를 들었다. 그는 생각했고 생각한다. 어머니는 처형당했고 당신들도 북한에 가면 그 꼴이 날 거라고, 미국으로 돌아가서 인권 단체에 호소하거나 공산주의나 자본주의 어느 곳의 힘도 미치지 않는 곳에 가서 숨어 살라고. 그러나 정웰링턴은 아무 말도 하지 않았다. 줄곧 침묵을 유지했고 안나에게 북한이 히스테릭하게 반응하는 것처럼 보이는 건 단지 입국 절차일 뿐이라고, 너무 걱정 말라고 했다.

안나에게 진실을 말하지 못했다는 사실이 정웰링턴을 괴롭히진 않았다. 그도 사태를 정확히 파악할 수 없었다. 그들은 북한에 들어가 잘 살지도 모른다. 자신이 그렇게 원하던 삶 아닌가. 문제는 그가 카를로비바리에 돌아와서 안나의 이야기를 안나에게 했다는 사실이었다. 고립된 망명자 커플에 대해, 당신과 이름이 같은 아시아 여성이 있다, 그녀의 이야기가 궁금하지 않은가.

안나와 윌리는 일과가 끝난 연구소의 로비에 앉아 사모바르에 끓인 차를 후후 불며 또 다른 안나의 삶에 대한 이야기를 나눴다. 창 밖에는 눈이 내리고 있었고, 그 아래 온천이 흐르고 있는 듯 쌓인 눈 위로 피어 오른 연기가 거리 위를 흐르는 모습을 내려다보며, 조혼 풍습에 따라 열네 살에 결혼을 해야 했던 안나라는 여인의 삶에 대해 윌리는 말했다. 그의 첫 남편은 임씨 성을 가진 지주 집안 출신이었는데 레지스탕스로 이름 높은 안창호의 추종자들이었지요, 안나는 미스터 임을 따라 캘리포니아와 평안남도를 떠돌며 일을 했고 열다섯의 나이에 첫째 딸을, 열여덟의 나이에 둘째 딸을 낳았지만, 남편은 두번째 딸이 생긴 이후 집안의 하녀와 바람이 났고 그 사실에 부끄러움을 느끼진 않았습니다, 조선에선 다 그렇다고, 당신은 양키의 국가에서 태어나 나쁜 물이 들어 첩이 있는 것을 이해 못 하지만 이건 자연스러운 것이라고 했고 안나는 홀로 캘리포니아로 돌아옵니다, 그녀가 공산당원이 된 건 이런 일을 겪은 다음이에요, 정웰링턴은 말했고 두 안나는 생김도 다르고 인종도 다르고 체형도 다르고 모든 것이 다른데 이름은 왜 같은 것일까 물으며 이건 우연의 일치가 아니고 세상이 더 이상 갈라져 있지 않으며 국제적인 것이 되었다는 증거 아닐까, 이것은 어떤 종류의 역사적 필연이 작용한 게 아닐까, 백 년 전만 해도 송안나와 안나 솔티소바는 같은 이름을 가질 가능성이 없었던 것입니다, 자본주의의 노예선이 송안나의 집안을 제국으로 실어 나르지 않았다면 말이죠,라고 말했고 자신의 집안도 그와 동일한 노예선을 타고 제국으로 향했다고 말하려고 했으나 말을 멈췄다. 그는 자신의 삶에 대해서 이야기하는 게 어색하고 두려웠다. 내 삶이 그럴 만한 가치가 있나. 저항도 투쟁도 고난도 성취도 승리도 없는 이 삶이?

둘은 밤 10시가 넘어 연구소를 빠져나왔고 카를로비바리의 경계를 가로지르며 한 시간 동안 걸었다. 신발 안이 흠뻑 젖었고 술집을 찾으려고 했지만 안나는 나오는 술집마다 번번이 퇴짜를 놓았다. 관광지, 휴양지, 노인들, 아저씨들, 냄새 나고 지저분한, 성적인 농담과 피로가 뒤섞인 세계에 발을 들여놓길 거부했고 다비다베헤라 거리에 있는 자신의 집으로 윌리를 안내했다. 안나의 집은 단순했다. 그녀는 청소를 자주 하지 않는 듯 보였지만 집에 머물거나 집에서 하는 일이 거의 없었으므로 집은 아주 천천히 더러워졌고 그녀의 생활 패턴으로도 먼지의 흐름을 충분히 따라잡을 수 있었다. 안나의 몸은 희고 점이 많았으며 열기로 가득했다. 윌리는 그녀의 몸 주위로 연기가 피어오른다고 생각했고 실제 온천에서 날 법한 강한 유황 냄새를 맡았다. 반면 안나는 윌리가 마르고 작고 단단한 운석 같다고 생각했고 햇볕에 바싹 마른 돌멩이 같다고 생각했다. 윌리는 아직 준비가 되지 않았다고 말했고 안나는 준비 같은 건 필요 없다고 말했다.

섹스가 끝나고 안나는 정웰링턴에게 아이디어를 제시했다. 세계평화회의, 세계학생대회가 열리고 세계 각지에서 온 2백여 명의 학생이 탄 평화열차가 오스트라바에서 출발해 체코 전역을 가로지른다. 우리가 조직할 것은 청년이나 평화라는 모호한 수사가 아니라 안나라고, 세계안나결집대회를 만들어야 한다고, 안나들을 모으기만 해도 세계는 자신들의 민낯에 기겁할 거라고 얘기했고 정웰링턴은 농담인지 진담인지 모를 안나의 말에 얼굴을 붉혔다. 그렇게 생각하지 않나요, 윌리. 안나가 담배를 권하며 말했다. 안나가 너무 많아.

전경준과 송안나는 1958년 12월 북한 입국과 동시에 연락이
두절됐다. 그들의 생사를 아는 사람은 없었고 북한에서 소식
을 전해주는 사람 역시 없었다. 정웰링턴은 1958년 10월 미
국 시민권을 포기하고 체코 시민권을 요청했다. 그의 요청은
다음 해 2월 수락되었고 미스터 루다는 그에게 꽃다발을 보
냈다. 정웰링턴은 1959년 4월 19일 귀화 선서를 했다. 안나
는 알 수 없었지만 정웰링턴의 내면에선 한 가지 생각이 떠
나지 않았다. 나는 안나를 판 대가로 안나를 얻었다, 그러니
까 두 안나 모두에게 죄를 지은 거라고.

사자들은 그를 해치지 않았다

정웰링턴은 스물두 살에 프라하에 도착했고 스물아홉 살에 프라하를 떠났다. 7년을 프라하에서 살았지만 그가 산 곳을 프라하라고 해야 할지 의문이었다. 체코어를 배우기 위해 노력했고 체코 사람들과 대화를 나눴지만 가까운 사람 대부분 미국인 유학생이거나 망명자였다. 중국과 소비에트의 책을 탐독했으며 조선인들을 위한 행사를 기획했다. 어디에도 체코다움이나 체코의 색은 없었다.

웰링턴은 자신의 정신이 속한 다른 세계가 존재한다고 믿었다. 그러므로 나는 떠돌이도 유랑민도 아니다. 돌아갈 곳이 있는 몸이다. 그 말을 들은 헬레나는 전형적인 유대식 사고방식이라고 했다. 저는 유대인을 좋아하지 않습니다. 그들을 불편하다고 말하는 게 수치스러운 일이라는 건 알고 있어요. 이런 말을 할 수 있는 건 오직 당신뿐입니다. 프라하에서 그렇고 체코 전체를 통틀어도 그래요. 헬레나는 말했고 정웰링턴은 자신이 아는 유대인을 떠올렸다. 이지 바차가 유일했다. 그러나 그를 유대인이라고 할 수 있을지 의문이었고 아주 기본적인 것들도 곧잘 의문에 빠진다는 것을 알 수 있었다. 그러므로 다시 한번 말할 수 있을 것이다. 무엇이 우리를 구성하고 정의하는지에 대해서가 아니라 무엇이 우리를 구성하고 정의한다고 말해지는지에 대해서. 기본적인 것들은 물질을 구성하는 게 아니라 힘을 행사하는 것이다. DNA가 그렇듯 그것은 우리의 근본 원인이 아니다. 그러나 정웰링턴은 혼란스러웠고 생각을 표현할 언어를 갖지 못했다.

유대인에 대한 헬레나의 말이 불편한 건 아니었다. 그는 단지 자신이 열외자라는 사실을 깨달았을 뿐이다. 이 사회의 구성원이라면 누구나 공감할 만한 문제와 연결된 감수성을 갖지 못한 열외자. 그렇기 때문에 다른 사람들 역시 그의 문제에 공감하지 못할 것이다. 그들은 서로의 문제에 대해 어떤 불의나 분노도 느끼지 못할 것이다. 체코어를 배워도 프라하 내부로 들어갈 수 없다. 더구나 자신과 헬레나는 영어로 대화하지 않는가. 헬레나는 영어가 서툴지만 영어를 사용하길 원했다. 아니면 불어도 좋지요. 독일어만 아니면 다 괜찮아요.

그녀는 프라하의 은행가 집안에서 나고 자랐고 이집트산 면과 다마스쿠스산 커튼을 좋아하는 부르주아였으며 속물적이지만 만나는 사람들을 기분 좋게 했다. 그녀의 속물성은 타인에 대한 강요로 이어지지 않았고 초라한 질투심을 향하지도 않았으며 피해 의식에 물들지도 않았다. 영화감독인 그녀의 남편이 공산주의 정권에 의해 감옥에 갇혔을 때도 그녀는 농담을 했다. 어쩌면 그녀의 속물성과 경제적인 상황이 그녀의 경계를 지켜준 것일지도 모른다. 선우학원이 처음 소개했을 때 정웰링턴은 그녀를 유쾌하지만 깊이가 없는 사람이라고 생각했다. 그러나 그녀는 그가 10년을 넘게 만난 유일한 사람이었다.

깊이는 사람을 병들게 한다. 윌리는 헬레나를 통해 깨달았다. 그리고 병은 사람을 매혹한다는 사실도.

아마 평양과 프라하가 비슷하다는 말을 하면 사람들은 나를 미친 사람 취급할 것이다, 선우학원이 말했다. 나도 가끔 내가 미친 것은 아닌지 생각했고, 어느 날은 잠에서 깨어 여기가 어딘지, 평양인지 도쿄인지 샌프란시스코인지 헷갈리고 시애틀에 두고 온 소니아의 이름을 부르며 몽유병 걸린 사람처럼 그녀를 찾아 방문을 열어젖힌 적도 있다. 그래도 나는 멀쩡했다, 멀쩡하다고 믿었고 사태가 어떻게 돌아가는지, 사람들이 혼이 빠져 납득 안 가는 이야기를 밀어붙이고 나를 압박해도 호랑이에게 물려도 정신만 바짝 차리면 된다는 생각을 합니다. 조부인 선우탄 선생은 1903년 이민 선박을 탔고 모든 게 중국인들에게 속은 탓이라는 말을 자주 했어요, 그때는 샌프란시스코를 금산시라고 불렀는데 길바닥에 금이 가득하고 먼저 줍는 사람이 임자라고 만주에서 알게 된 운남성 출신의 중국인이 말했지, 막상 배를 타고 와보니 말을 탄 와이오밍의 백인 십장 놈들이 중국인 스무 명을 학살하고 무죄로 풀려났다고 한다. 금이 어딨냐, 금을 가졌다는 동양인은 그때나 지금이나 한 명도 못 봤다, 우리가 떨어진 곳은 금과는 지구 반대편에 있는 것 같은 정글이었고—정글이 뭐예요, 할아버지? 크고 축축하고 벌레가 많고 끝까지 걸어가면 거대한 폭포를 볼 수 있는 숲이다, 한 나라만큼이나 큰 숲, 숲 중에서 가장 큰 숲을 정글이라고 하는데 아무것도 없이 달랑 도끼만 손에 들고 그 나무들을 다 베었다, 중국인처럼 총 맞아 죽을까 봐 찍소리도 못 하고 담배

한 대 말 시간 없이 일했고 하루 일과가 끝나면 통역을 맡은 한국인 목사 선생의 지도 아래 영어를 배웠어, 그때는 잠을 자면 매일 꿈을 꿨다, 악몽을 꿨고 꿈속에선 아무 소리도 나지 않았어, 아주 깊은 정글에 혼자 떨어졌는데 발아래는 진흙이 가득했고 죽은 동양 놈들의 얼굴이 수풀 사이로 들락날락했지, 중국 놈, 일본 놈, 한국 놈, 나는 일본 말도 한국말도 못 하고 엊저녁에 배운 영어로 사람들을 부르려 해도 한마디 나오지 않고 생각도 안 났어, 내 무지함을 탓하고 중국 놈을 탓하고 일본 놈을 탓하고 이를 바득바득 갈면서 정글 안으로 기어 들어가서 축축한 나무 등걸에 앉아 담배를 마는 거야, 말도 안 나오는 입을 뻐끔뻐끔하면서 담뱃잎을 마는데 재가 바닥에 우수수 떨어지고 주워 담으려고 손을 뻗으면 재들이 한도 끝도 없는 어둠 속으로 떨어진다, 나는 그걸 허우적대며 담고 말이다. 선우탄은 말했고 말아 피운 담배를 입에 물고 불을 붙이며, 그러니 선우는 영어를 배워야 한다, 우리가 걸어서 정글을 헤맬 때 목사 선생은 말을 타고 하와이 끝에서 끝까지 갔어요, 선우는 말을 배워서 서양인과 똑같이 말하고 똑같이 듣고 똑같이 읽어야 해요, 하던 그의 쉬고 갈라진 목소리가 떠오른다고 선우학원은 말했다.

　　정웰링턴이 찰스 대학교에 입학한 첫해 그와 선우학원은 유일한 친구였고 그도 선우학원도 프라하에서 조우했다는 사실이 놀라웠다. 선우학원은 동양인에게 박사학위를 줄 수 없다는 이유로 워싱턴 대학교에서 쫓겨났고—심사위원인 찰스 마틴 교수는 말했어, 다만 일본인은 예외다, 그들은 박사학위를 받을 자격이 있다—런던에서 공부할 생각이었으나 돈이 부족해 파리를 거쳐 프라하에 오게 됐다. 프라하는 민주적으로 사회주의를 이룩한 나라지요, 윌리가 있고 동지들이 있지만 평양을 떠나 도쿄로 향할 때만 해도 내 인생이 이렇게 될 줄 몰랐다. 지금도 어떻게 된 건지 알 수가 없지요.

선우학원은 찰스 대학교에서 철학 박사학위를 받고 일본 역사에 대한 특강을 진행했으며 동양학원에서 한국어를 가르쳤다. 구시가지의 아파트에서 하숙했고 배가 고플 때면 굴라시 수프를 먹었고 블타바강을 따라 걸으며 강변에 앉아 소일하는 프라하의 대학생들을 부러움이 섞인 눈으로 바라봤다. 정웰링턴은 의과대학 1학년생이었다. 성적은 신통치 않았다. 교수의 말 태반은 알아들을 수 없었고 학생들은 그를 돕지 않았다. 윌리가 영어를 쓰면 바짝 긴장한 모습으로 뒷걸음쳤고 그게 반미적인 성향 때문인지 외국어를 못해서인지 알 수 없었다. 그러나 윌리는 혼자인 게 두렵지 않았다. 그때만 해도 혼자라거나 돈이 없다거나 배가 고픈 것을 겁내지 않았고 이상한 열의와 들뜸에 휩싸여 있었다. 세계는 해방될 것이고 자신은 지금까지 알려지지 않은 인간 의식과 생명의 작동 원리를 밝혀내고 사회에 이바지할 것이다, 어설프게 배웠던 수많은 이론과 사상이 미지의 대륙처럼 머릿속에 펼쳐졌고 외항선을 타고 바다 위를 떠돌며 처음 보는 항구와 골목, 상점과 낯선 언어의 사람들과 주고받는 대화 속으로 걸어 들어갔던 것처럼 트램 위에 올라타 발견과 정복을 기다리는 도시의 골목 사이로 사라지는 상상이 자신을 사로잡았다.

그와 선우학원은 밤만 되면 말라스트라나 거리와 구시가지를 걸었고 고트발트 정권과 파리의 인터내셔널, 트루먼 치하의 매캐런법과 남한의 정치 상황에 대해 얘기했고 조심스러운 목소리로 김일성의 이름을 언급했다. 프라하에서 개최될 세계학생대회, 세계평화열차, 그들이 가지고 있을 생각, 어쩌면 꿍꿍이, 그들의 진실성과 자신들의 고립된 상황, 또는 자신들에 대한 오해, 신념, 능력에 대한 불신과 가능성에 대해, 고향에 두고 온 기억과 사람들, 어떤 종류의 기대와 엉망진창인 역사에 대해, 그러나 때때로 우리를 사로잡는 것들에 대해 지치지 않고 대화를 나눴다.

하지만 이 모든 게 너무 불투명하지 않은가. 프라하의 밤거리는 시애틀보다 어두웠고 울퉁불퉁한 포석 위를 걷다 보면 무릎이 나가는 건 아닐지 걱정됐다. 오렌지빛이 드리워진 오랜 건물 뒤편에서 흉측한 얼굴을 한 전쟁 포로가 원한을 품고 걸어 나오고 도시의 지하에 숨어 사는 이교도들이 뒤를 쫓을지 모른다는 근거 없는 공포가 선우학원을 불안케 했다. 무엇보다 프라하의 어두운 표정이, 대화를 나눌 때마다 미국을 동경하고 자신들의 정권을 비난하는 프라하의 대학생들이 두려웠고 때로는 무조건적으로 소련을 지지

59

하는 윌리의 말에 반론을 제기했다. 그런 반론을 자신이 생각하고 있다는 사실도 몰랐는데 말하면서 깨닫게 되었고 체코인들 앞에서는 소련을 옹호하고 윌리 앞에서는 미국을 옹호하는 일이 반복됐다. 나는 인간의 형상을 한 박쥐인가, 밤에도 잠을 이루지 못하는 선우학원은 되물었고 하지만 폭력적인 상황을 묵과할 수 없었고―소련군은 왜 프라하에 진주하는지, 미군은 왜 남한에 진주하는지―시대는 선택을 요구했지만 시대는 사실일까, 지금 시대에는 이렇게 할 수밖에 없다고 말하는 것은 어느 시대에나 반복되는 어구에 불과한 것 아닌가, 라고 윌리에게 물을 수밖에 없었다. 윌리는 철학자의 나약함에 실망했다. 행동해야 할 때와 생각해야 할 때를 구분하지 못하는 것은 변절자의 특징이다. 그는 선우학원에게 때때로 화를 냈고 확인되지 않은 소련의 부패에 대한 제국주의자들의 언론 플레이에 놀아나선 안 된다, 우리는 믿고 기다려야 하며 힘을 합쳐야 된다고 말했다.

그러나 언제까지? 언제까지 기다려야 할까.

선우학원은 생각에 빠질수록 자신이 생각에 빠지길 원하지 않는다는 사실을 알았다. 내가 원하는 것은…… 교외의 안정된 대학교수의 삶일지도 모른다……

프라하의 사람들은 친절했고 도시는 해가 뜨면 놀라울 정도로 아름다웠다. 어느 날은 페트린 타워에 올라가 붉은 지붕의 도시를 내려다봤고 어느 날은 거대한 규모의 텅 빈 스트라호프 스타디움 관중석에 서서 사회주의 국가의 성취

60

를 찬양했다. 선우학원은 구라파와 동아시아를 비교하며 자주 한탄했다. 반면 월리는 남한이나 북한, 중국, 일본 그 어느 곳도 가보지 못했다. 오로지 이야기와 사진으로 고향을 그리워했고 상하이에서 있었던 어머니와 삼촌들의 모험을 동경했다. 그곳은 소설 속의 장소였고 영화의 한 장면이었으며 존재하지 않는 장소였지만 월리는 존재하지 않는다는 사실을 알지 못했다. 다시 말해 존재는 믿음에 좌우되는 것이라고 생각하지 않았다. 존재는 실제 아닌가? 그는 죽음을 목전에 두고서야 믿게 되었다. 미래에는 그가 다다르지 못할 거라고 생각했던, 상상하지 못했던 종류의 믿음이 그를 기다리고 있었다.

우리 1925년에 태어난 세대는 주의해야 한다. 아무것도 믿지 말아야 하며 누구에게도, 무엇에게도 친밀감을 느끼지 말아야 한다. 자칫하면 모든 것을, 모든 이를, 진실을, 의견을 잃을 수 있기 때문이다. 그러고 나면 우리는 해결책은 없고 '불확실한 가능성'만 있음을 새삼스레 새로 깨닫는다. 1945년에 20세가 된 우리는 현명한 사람들이다. 우리는 종교와 철학에서 배울 것이 없다. 우리는 이 망령 난 세상 한가운데에서 가장 깊고 끈질긴 환희를 맛보는 법을 안다.

헬레나는 호기심이 많고 두려움이 없었다. 선우학원이 그의 아파트에 처음 하숙하러 왔을 때도 거리낌이 없었다. 미국인, 공산주의자, 철학 박사, 황인종. 무척 매력적인 조합이라고 생각했고 사교계에서 입을 털 거리가 하나 생겼다고 생각했다. 운이 좋으면 친구가 될 것이고 운이 나쁘면 비밀경찰국의 조사를 받겠지. 인생에는 신경 쓸 게 지나치게 많고 최선은 무엇이든 신경 쓰지 않는 것이다. 물론 그것은 마음대로 되지 않고 신경을 끄기 위해선 가끔 지나치게 많은 돈이 들어가지만, 돈이 있다면 참 다행인 일이지. 헬레나는 진심인지 아닌지 모를 어투로 말했다. 그녀의 말에서 농담과 진담을 구분하기란 노신부와 교리문답을 나누는 것만큼 어려운 일이었고 농담이라곤 모르고 자란 선우학원과 정웰링턴 모두 두 손 두 발 들고 말았다. 재미라곤 눈곱만큼도 없는 프로테스탄트 아시안 아메리칸들. 헬레나는 딱한 눈으로 그들을 질책했고 그것 역시 진심인지 장난인지 알 수 없었지만, 그 때문에 헬레나가 그들을 싫어하는 건 아니었다. 헬레나는 그들을 좋아했다. 비열한 농담과 자기현시, 삐딱하고 음흉한 태도로 일관하는 체코 남자들을 만나다 답답할 정도로 고지식하고 진지한 이들을 보니 동화 속에서 나온 난쟁이라도 만난 기분이었다.

선우학원은 헬레나에게 감옥에 있는 그녀의 남편을 봤으면 한다고 말했다. 죄명이 뭐라고 했죠? 선우학원이 물었고 헬레나는 직접 물어보라고 말했다. 나는 그의 죄명을 모른다. 물론 그도 모를 가능성이 크지만.

미국인 공산주의자 신분으로서 반동분자의 집에 하숙한
다는 게 여간 찜찜한 게 아니오, 라고 선우학원은 말하지 않
았다. 면회를 제안하는 것은 일종의 호기심 때문입니다. 선
우학원이 말했다. 이를테면 국제 정세? 공산주의의 미래? 그
것도 아니면 체코 아방가르드 예술의 부활? 선우학원은 대
충 둘러댔다. 그는 태생이 소심했다. 독립운동의 지지자로,
공산주의자로 세계를 떠돌았지만 한 번도 투쟁과 전쟁의 한
복판에 뛰어들지 않았다. 그것에는 합당한 이유가 있다. 그
는 생각했다. 그러나 그는 알고 있었다. 이유를 들먹이는 건
회색분자의 특징이다. 그러나 그것이 죄인가? 아니다. 그러
나 그것은 한 번도 죄가 아닌 적이 없었다.

헬레나는 선우학원의 제안을 흔쾌히 받아들였다. 자신
과 남편의 상황은 심각하지만 대부분의 정치적 비극이 그렇
듯 여기엔 희극적인 요소가 있다. 이것은 필시 웃긴 면회가
될 것이다……

선우학원은 정웰링턴에게 통역으로 동행할 것을 부탁했
다. 윌리의 체코어는 이제 막 걸음마 단계를 벗어났지만 그
는 선우 씨의 부탁을 거절하지 않았다. 반은 호기심이었고
반은 호승심이었다. 사회주의의 진실은 교도소에 있을지도
모른다. 그렇다면 그게 세계의 진실일까. 그때 윌리의 나이
스물셋이었고 죽음을 생각해본 적은 한 번도 없었다.

헬레나의 집은 리브나가의 아파트먼트 2층이었고 전쟁이 끝나고 몇 년 지나지 않아 내부를 현대적으로 개조했다. 당시 프라하에서 그런 사치를 누릴 수 있는 사람은 흔치 않았지만 그녀의 남편 율리우스는 신작을 의뢰받았고 국립영화학교의 교수가 되었다. 그녀도 국립극장에 올라갈 스웨덴 원작의 연극에서 주요 배역을 맡았다. 우리가 아니면 누가 사치를 부릴 수 있겠는가, 그들은 생각했고 그러나 번영의 시기가 이렇게 짧을 줄은 몰랐다고 했다. 심지어 나치 시절에도 안 간 감옥에 끌려갈 줄이야!

헬레나와 선우학원, 정웰링턴은 이른 아침에 만났고 헬레나의 집에서 간단한 아침 식사를 했다. 헬레나는 자유시장에서 구입한 달걀과 사워크라우트, 삶은 콩으로 요리를 준비했고 따뜻한 홍차와 함께 오래전부터 보관해온 위스키를 냈다. 아시겠지만 달걀은 한 달에 두 개만 배급됩니다. 그렇지만 한 사람당 하나의 달걀이 필요하지요.

선우학원은 이틀 전에 헬레나와 자유시장에서 장을 보고 왔다. 윌리는 자유시장에 한 번도 가보지 않았고, 그가 종종 들르는 휠러의 집은 먹을 것이 부족하지 않았다.

그건 매우 특수한 경우다.

헬레나가 어색한 영어로 말했다.

일반인은 필요한 물건을 자유시장에서 사야 한다. 자유시장에선 모든 물건이 본래의 열 배 가격입니다. 열 배의 돈이 없다면? 그것은 필요한 물건이 아닌 것이다! 헬레나가 말했고 선우학원은 작금의 체코 경제 체제는 눈 가리고 아웅하는 식이라고, 공산주의도 자본주의도 아니며 둘 모두의 단점을 합친 꼴이라고 말했다.

하지만 아침 식사에는 어울리지 않는 이야기군요. 헬레나가 말했다.

식사가 끝나고 선우학원과 정웰링턴은 헬레나의 차를 타고 교도소가 있는 레오폴도브로 향했다.

율리우스를 면회하러 가는 길은 그러나 이제 윌리의 기억
속에서 희미해졌다. 안개가 자욱했다. 비가 흩뿌렸다. 어쩌면
돌풍에 가까운 바람이 불었고 전날 내린 비로 도로 위에는
낙엽이 수북이 쌓여 있었다. 레오폴도브 교도소는 프라하에
서 다섯 시간이 걸렸다. 도시를 벗어나 숲과 들판, 언덕을 넘
었고 소나기가 왔고 차 유리에 붙은 낙엽들, 잠시 차를 세우
고 담배를 피우는 동안 선우학원의 베이지색 트렌치코트가
비에 젖었고 바람이 불어 검은 우산이 거꾸로 뒤집혔다. 윌
리는 휠러에게 받은 두꺼운 더플코트의 모자를 덮어쓰고 도
로를 벗어나 들판 위로 말없이 걸어갔다. 레오폴도브는 사람
이 없었고 버려진 건물이 즐비했다. 독일인이 살았던 곳입니
다. 헬레나가 말했다. 나치 점령이 끝나고 인구의 3분의 1에
달하는 독일인들은 쫓기듯 체코슬로바키아를 떠났다. 도시
는 잠든 듯 조용했다. 긴 시간 운전하며 헬레나와 선우학원
은 많은 대화를 나눴고 윌리는 잠들고 깨기를 반복했다. 선
우학원은 그날의 만남이 결정적이었다고 했다. 공산주의에
대한 회의, 이론에 대한 회의, 제도에 대한 회의, 인간에 대
한 회의, 미래에 대한 회의. 세계를 이해하려 들면 믿음은 깨
지기 마련이다. 세계를 바꾸려 드는 사람만이 믿음을 유지
할 수 있다. 그제야 선우학원은 마르크스의 말을 이해할 수
있었고 마르크스와 멀어질 수 있었다. 소니아는 훗날 선우
학원에게 프라하의 경험담을 들으며 진주만 공습이 있고 얼
마 지나지 않은 1942년 초, 요세미티 국립공원에서 겪었던

일을 이야기했다. 모두 멀지만 어떤 연관성 속에 있는 이야
기였고 선우학원은 미국으로 돌아간 이후 윌리에게 여러 번
편지를 썼지만 부치지 않았다. 윌리는 선우학원에게 편지를
쓰지 않았고 그를 생각하는 일도 드물었다. 그를 떠올리게
된 건 안나를 만나고 전경준과 송안나 부부를 북한으로 보
내고 난 뒤부터였다.

헬레나는 12년 전과 같은 집에 살고 있다. 프라하의 역사에 비하면 짧은 시간이지만 집은 낡았다. 반면 오래된 성들은 시간이 갈수록 검고 노란 빛을 더했다. 몇 년 안에 풀려 나온다고 했던 남편은 지금은 정신병원에 수감되어 있다. 정신적으로 문제가 있는 건 아니었다. 단지 체제가 그들을 관리하는 수단일 뿐이다. 탈옥 시도가 있었고 망명 시도가 있었으나 모두 실패했다. 어떤 사람들은 떠났고 어떤 사람들은 떠날 채비를 서둘렀지만 어딘가에서는 프라하와 체코를 변화시키려는 시도를 하고 있었다. 1950년대의 사람들은 정신이 없었다. 1960년대가 된 지금은 사태 파악이 됐고 젊은이들은 두려움보다 실행력이 앞섰다. 헬레나의 집에 가끔 들르는 철학자 얀은 평가했고 이것이 희망입니까, 어떤 의미에선 그렇다, 그러나 그것은 모든 것을 파괴할 수도 있다.

체코 정권은 이상했다. 억압적이면서 느슨했고 지옥 같지만 나른하고 자유로웠다. 흐루쇼프의 탈 스탈린 발언 이후 정권은 진화하고 변해야 한다는 사실을 인지했지만 정권을 유지하기 위해선 아무것도 달라지면 안 된다는 사실도 알았다. 권력은 딜레마 사이에 끼여 옴짝달싹 못 했고 원래의 방식을 고수했지만 눈에 띄게 조용해졌다. 사람들은 그곳에서 사는 법을 터득했다. 여기에는 어떤 변태적 자유가 있다. 헬레나의 집으로 가끔 율리우스의 먼 제자, 율리우스의 유산을 파악하려는 신출내기들—아직 율리우스는 죽지 않았다!—헬레나의 영화 출연 여부를 타진하기 위한 아마추어 제작자들이 찾아왔다. 헬레나는 그들과 술을 마시며 즐겁게 대화를 나눴지만 집 밖을 나갈 생각은 하지 않았다. 고양이 두 마리를 키우기 시작했고—고양이의 이름은 요제프와 요제프였다—짧은 털을 가진 검은색과 회색 고양이—헬레나는 요제프를 부를 땐 요제프라고, 요제프를 부를 땐 요제프라고 했다—공산당 간부인 지인이 생활에 필요한 물품을 챙겨 줬다. 가끔은 얀과 얀의 친구들이 신형 라디오와 엘피판, 빵과 술을 가져왔고 어느 때보다 많은 책을 읽었으며 모두 관련이 모호한 분야의 것들이었다. 기호학, 언어학, 인류학, 역사, 사회학, 공상과학소설, 소비에트 리얼리즘, 사미즈다트와 각종 선언문, 세기말 빈의 소설과 산문, 미국의 희곡 작품들, 프랑스의 잡지와 철학, 몇몇 소설과 시. 그녀는 이름을 기억하지도 개념을 담아두지도 않았다. 그러나 이야기를 나누기 시작하면 코트 안주머니에 넣고 잊어버린 극장표가 떠오르듯 불현듯 생각이 났고 흩어진 조각들을 그러모으며 대화를 이어갔다. 시간은 천천히 아주 빠르게 흘러갔다.

정웰링턴은 의과대학을 졸업하고 프라하를 떠났고 적어도 1년에 한두 번 그녀의 집에 들렀다. 그사이 결혼을 했고 딸을 낳았고 몇 번의 전근이 있었으며 지나치게 살이 빠졌다가 다시 쪘고 머리숱이 줄었고 턱 주변은 거칠고 지저분해졌지만 차림새는 단정하고 깨끗했다. 더 이상 정치 얘기를 하지 않았고 딸과 아들에 대한 이야기, 생물학과 물리학의 관계에 대한 알아듣기 힘든 이야기를 종종 했다. 아무도 나의 연구를 지원해주지 않기 때문에 나는 머릿속으로만 생각합니다, 그런 시간이 이어지면 가끔 이것이 실제로 존재해왔던 것처럼, 내가 오래 그것을 연구하고 있었다는 착각에 빠지기도 하고 맥락을 건너뛴 증명을 사람들에게 중얼거리기도 합니다. 어떤 거? 헬레나가 물었고 윌리는 말했다. 인간 의식에서 가장 중요한 것은 attention, 주의이다, 주의는 진화를 기회주의적으로 만드는 요인이다, 부분들의 합은 전체보다 크다…… 이로써 차이와 오류가 생겨나지만 체계는 훨씬 더 잘 작동하며 생존에 적합한 방식이 된다, 그러므로 어떤 합리주의적인 견해도 결과론적으로 무의미하다……

눈이 내렸고 헬레나는 스팀을 최대한 열고 난로에 불을 피웠다.

정웰링턴은 프라하에 온 목적을 이야기할 생각이었다. 김강과 파니아 굴위치라는 부부가 있다. 미국에 오래 살았고 공산주의자이며 긴 재판 끝에 추방당해 프라하에 도착했다. 그들은 한 달 후에 북한으로 갈 예정이다…… 나는 어릴 때 김강을 만났고 그는 우리 집안의 사람들과 잘 안다. 나는…… 북한에 가는 것이 옳지 않은 결정이라고 말할 것이다……

윌리는 어머니가 북한에서 처형됐고 비밀경찰은 자신을 협박하고 있으며 안나와의 결혼 생활은 돌이킬 수 없는 지경에 이르렀다고 말해야 할지 고민했다. 밤새 한숨도 못 잤고 호텔 주변을 걸어 다녔다. 추위로 몸이 꽁꽁 얼었고 몸을 녹일 바나 레스토랑을 찾아 위스키나 수프를 먹고 싶었지만 낡은 공동주택 말고는 아무것도 찾지 못했다.

호텔 바는 작고 조용했다. 피아노가 홀 안쪽에 있었지만 연주는 끝난 지 오래였다. 벽에 걸린 그림은 보헤미아 왕국의 영광에 관한 것이었다. 호텔 외관은 절제된 사회주의 양식이었지만 내부는 아르누보 스타일로 치장되어 있었고 바는 재즈의 유행을 반영하기 위함인지 뉴욕의 클럽에나 있을 법한 조명과 테이블보가 놓여 있었다. 바텐더는 윌리를 알고 있었다. 그는 호텔이 오픈한 날부터 바텐더였다. 그 전에는 나로드니 거리의 레스토랑에서 바텐더로 일했지요. 역사가 백 년에 가까운 레스토랑이었습니다. 그는 오직 자신의 김릿을 마시기 위해 카를로비바리에서 기차를 타고 빌소노보역에 내려 레스토랑을 방문하는 사람들에 대해 이야기했다. 상세한 묘사나 으스댐 없이 사실을 말하는 어조로. 짧고 능숙하게 스스로를 어필하는 바텐더는 같은 문구를 수백 번 반복한 사람처럼 보였고 그러나 형식적으로 보이지 않는 법을 터득했다. 어쩌면 그는 매일 여러 번씩 하는 같은 말을 진정으로 믿는지도 몰랐다. 그에게는 형식이 진심이었고 그러나 오늘은 김릿이 아니라 베체로브카를 권하겠습니다, 달고 따뜻한 술이 필요할 거라고 바텐더는 말했다.

윌리는 자신의 꼴이 형편없다고 생각했다. 노숙자나 광인, 음식을 찾아 헤매는 비쩍 마른 들개나 성마른 조류의 일종으로 보일지도 모르고 몸에서 냄새가 난다고 생각했다.

헬레나는 갑작스러운 방문에 놀랐다. 윌리는 보통 일주일 전에 연락을 줬다. 이번 방문은 전날 밤에 갑자기 온 전화로 정해졌다. 윌리는 의자에 앉는 순간 녹아버릴 것처럼 보였다. 신발은 젖은 눈과 흙탕물로 엉망이었다. 단정하게 빗은 머리는 그러나 제때 이발하지 않아 라인이 무뎌지고 덥수룩했다. 점심에는 얀이 방문할 예정이었다. 윌리는 그 전에 가는 게 좋았다. 예전이라면 만나게 했겠지만 지금은 시기가 좋지 않다……

차를 마시는 동안 정웰링턴은 말을 잇지 않았다. 어디서부터 이야기를 해야 할까. 고민을 하다 깜박 졸았고 다시 깨길 반복했다. 헬레나는 소파에 앉아 그 모습을 지켜봤다.

선우에게 연락이 왔다는 얘기를 했나. 헬레나는 선우학

73

원의 편지를 보여줬다. 그는 지금 서울에 있다. 재작년이었나요, 서울에서 혁명이 일어났다지요. 선우는 몇몇 목사의 초청을 받았고 서울에 가야 할 때가 왔다고 생각했답니다. 대학에서 강의를 하며 언론에 기사를 쓰지요. 그가 쓴 칼럼을 함께 받았어. 헬레나가 스크랩된 신문 기사를 건넸다. 윌리는 서울의 신문을 처음 봤다. 한자와 한글이 병기된 선우학원의 기사는 알아보기 힘들었다.

윌리도 서울에 가면 잘 살 수 있지 않나요?

헬레나가 말했다. 그녀는 평양과 서울을 구분하는 데 서툴렀고 정치적 상황에 대해서도 몰랐다. 한국전쟁과 그 이후에 대해 여러 번 얘기했지만 이야기를 들을 때마다 그제야 생각났다는 듯 가벼운 탄성을 흘렸다. 평소에는 그런 태도가 괜찮았다. 그러나 오늘은 달랐다.

지금은 못 산다는 이야기인가요?

윌리가 말했다. 헬레나는 그런 뜻이 아니라고 했다. 왜 이렇게 예민하게 반응하냐고, 헬레나가 말했다. 당신이 이십 대 내내 가고 싶어 했던 곳 아니냐는 뜻이었어요.

윌리는 말이 없었다. 헬레나가 말을 이었다.

난 사실 미국에 가고 싶어요. 내가 당신이라면 미국 국적을 포기하지 않았을 거예요.

윌리는 그 결정을 두고두고 괴로워했다. 미국을 사랑해서가 아니라 국적을 포기하고 국적을 취득하는 그 모든 과정 때문에. 내가 가진 가장 값진 것이 내게는 의미 없다. 그

74

것을 건네주고 얻을 수 있는 것 역시 의미 없다. 그러나 나는 이 일을 해야 하고—무엇을 위해? 생존을 위해?—적극적으로 의사표시를 해야 한다. 차라리 건네줄 값진 것이 없다면 좋았을 것이다. 윌리는 자신이 자신의 밖에서 거래되고 있다는 사실을 알았고 심지어 자신이 그 거래에 적극적으로 참여하고 있으며 동시에 그것을 증오하고 있다는 사실을 알았다. 그는 이 모든 것을 지켜볼 뿐이었다. 이것은 슬픔이나 분노 같은 감정과는 다른 문제다. 윌리는 안나에게 설명하고 싶었지만 말할 수 없었다. 이것은 단지 어리광에 불과하지 않은가. 세상이 자기 뜻대로 되지 않는다는 것에 대한 투정에 불과하지 않은가. 그러나 그것과는 달랐고 이 다른 지점이 윌리를 무력감에 빠뜨렸다.

헬레나는 윌리가 고민을 토로한 유일한 사람이었다. 그러므로 윌리는 그녀에게 화를 낼 수도 있었을 것이다. 어떻게 나에게 그런 말을 할 수 있냐고, 이해는 못 해도 친구로서 예의는 지켜야 하지 않는가, 나는 당신을 믿고 말한 것이다…… 욕을 할 수도 있고 눈물을 흘릴 수도 있었다. 헬레나는 그가 분노로 부들부들 떨었으면 하고 바랐다. 그랬다면 그녀는 사과했을 것이다. 그러나 그는 가만히 있었다. 의자 등받이에 몸을 기댔고 눈을 감았다. 잠시 자는 것처럼 보였다. 그녀는 윌리를 두고 요제프를 찾으러 갔다. 잘게 찢은 육포를 접시에 두었다. 창턱과 옷장 위에 있던 요제프와 요제프가 느리게 몸을 일으켰다.

소니아와 에이미는 히치하이킹을 해서 요세미티로 향했고 그들을 태운 이들은 남부 억양을 쓰는 3인 가족이었다. 모두 금발이었고 갓 열 살이 된 아들은 말없이 창밖을 봤다. 말이 너무 없다 했는데 자폐아였어요. 부모는 크게 개의치 않는 듯 말했다. 그러나 우리는 아들을 사랑한답니다. 남자는 소니아에게 어느 나라에서 왔냐고 했고 소니아는 자신이 미국인이라고 대답했다. 오, 그렇군요. 그런데 제 말은 어느 나라에서 왔냐는 겁니다. 그가 다시 한번 말했고 소니아 역시 다시 말했다. 로스앤젤레스에서 왔어요. 그것도 나라라고 할 수 있다면. 잠시 정적이 흘렀다. 소니아는 선우학원에게 말했었다. 당신도 알다시피 할아버지의 고향은 마산이죠, 할머니의 고향은 창원입니다. 저는 그 도시들이 어디에 있는지, 어떻게 생겼는지 몰라요. 당신은 그곳들을 설명해줄 수 있나요? 선우학원은 고개를 저었다. 에이미는 어색한 상황을 깨기 위해 자신이 아일랜드계라고 했어요. 여자는 미네소타에서 왔다고 했습니다. 여러 해 동안 캠핑을 준비했다고 말했어요. 지금 같은 시기에는 며칠만이라도 여행하는 게 쉽지 않아요. 그때만 해도 요세미티로 가는 차량은 많지 않았고 유달리 빨리 해가 지는 것 같았어요. 분홍색으로 물든 구름이 거대한 회색 산들 사이로 지나갔지요. 헤드라이트를 켠 닷지는 속력을 낮추고 계곡 안으로 들어갔고 숲 사이로 아주 드물게 인간의 자취가 보였습니다. 우리는 너무 깊숙이 들어가지 않겠다고 했죠. 여자는 정해진 구역에서 캠핑하지 않으면 위험하다고 했어요. 곰이 나오는 계절이에요. 여자 둘이 캠핑하는 것도 그렇고…… 그러나 남자는 별말 하지 않고 우리를 내려줬어요. 우리는 금방 자리를 잡고 텐트 안에서 잠을 청했습니다. 낮 동안 오래 걸어서 아주 피곤했거든요. 잠들기 전에 에이미가 말했어요. 아까 기분 나빴다면 미안해. 뭐가? 내가 아일랜드계라고 한 거. 그렇지만 나는 상황을 부드럽게 하려고 한 말이야. 기분 안 나빠. 정말? 응, 정말. 피곤하니까 자자. 저는 말했고 눈을 감았지만 잠이 오지 않았습니다. 서서히 얕은 잠에 빠졌고 멀리서 짐승 우는 소리가 들렸습니다. 처음에는 늑대 소리가 났고 다음에는 곤충들의 울음소리, 그 뒤에는 호랑이의 울음소리가 들렸는데 아마 꿈이겠죠. 저는 기억나지 않는 꿈과 현실 사이를 오갔어요. 눈을 뜨니 아침이었고 텐트를 열고 나가는 에이미의 모습이 보였습니다. 저도 따라 나갔어요. 도로를 건너 나무 사이로 걸어갔습니다. 우리는 절벽에 다다랐고 멀리 길고 완만한 구릉과 평원, 거대한 바위로 이루어진 산맥이 보였어요. 두껍고 노란 광선이 구름 사이를 비집고 나와 구릉 위로 떨어졌습니다. 소니아. 에이미가 저를 부르며 껴안더군요. 저는 기분이 썩 좋지 않지만 풍경이 마음이 들었고 에이미를 봐주기로 했어요. 우리가 텐트로 돌아왔을 때 두 명의 백인 경찰이 짐을 뒤지고 있었습니다. 경광등으로 텐트 안을 들추더니 신분증을 꺼내보라고 하더군요. 다른 한 명은 가방을 거꾸로 뒤집어 물건을 흙바닥에 쏟았어요. 경찰은 제게 잽이냐고 물었어요. 저는 미국인이라고 했습니다. 그는 말했어요, 어디서 왔냐고. 저는 로스앤젤레스에서 왔고 대학생이며 캠핑 중이라고 했어요. 턱이 부들부들 떨려 말을 제대로 못 이었고 경찰들은 스파이가 많다고 했어요. 에이미는 발끈해서 말했어요. 소니아는 코리아에서 왔고 한국은 일본의 지배 아래 있는 나라다, 그들은 미국의 편에서 독립을 원한다 따위의 말이었어요. 우리가 시애틀에서 집을 구할 때 백인들은 우리가 동양인이라는 이유로 세를 주지 않았지요, 심지어 더 많은 돈을 낸다고 했는데 거절했습니다, 자본주의 국가라면서! 소니아는 선우학원에게 말했다. 당신은 집주인에게 참전 군인이라고 말했죠. 공군정보부 출신이니 뭐니 하면서요. 저는 그게 뭐가 중요한지 모르겠습니다. 그들이 신경이나 쓰던가요? 경찰들은 코리아를 몰랐고 텐트에서 찾아낸 술병을 챙겨서 돌아갔어요. 에이미가 말했어요. 이 정도면 양호한 거야. 저는 대답하지 않았습니다. 돌을 들고 경찰들을 따라갔어요. 그들은 도로변에 세워둔 경찰차에 올라 수다를 떨고 있었어요. 차 유리를 깰 생각으로 돌을 던졌지만 금이 갔을 뿐 깨지진 않았습니다. 경찰들이 저를 땅바닥에 눕히고 얼굴을 짓눌렀어요. 뒤늦게 나타난 에이미는 그 모습을 보고 비명을 질렀고 저는 수갑을 찬 채 경찰차에 태워졌습니다.

면회장으로 들어오는 율리우스는 영화배우 같았다. 영화감독인데 배우 같았고 키가 매우 훤칠했으며 잘 빗어 넘긴 갈색 머리와 깔끔하게 다듬어진 갈색 수염을 하고 있었다. 선우학원은 말했다. 죄수복을 입고 있지 않았다면 새신랑으로 착각했을지도 모른다고. 자세는 꼿꼿했고 동작은 느리고 거만했다. 그의 태도에선 계급이 느껴졌고 거기선 오래된 유럽의 냄새가 났다.

율리우스는 아내를 대신해 감사한다고 말했다. 혼자 아파트에 있는 건 옳지 않은 일이다. 상황이 좋지 않아 걱정인데 당신들은 믿을 만한 사람처럼 보인다. 그들은 형식적인 이야기를 나눴고 잠시 미국 영화에 대해 얘기했다. 미국 영화는 당할 수가 없어. 율리우스가 헬레나에게 말했다. 당신들은 운이 좋은 사람들이군요, 미국인으로 살고 있으니. 율리우스는 수염을 만지작거리며 말했다. 무척 풍성한 수염이었다. 윌리는 외삼촌인 현피터가 서양인들에게서 제일 부러웠던 게 뭔지 아냐, 바로 수염이다, 라고 했던 게 떠올랐다. 현피터는 연극배우로 뉴욕에서 경력을 시작했으나 수염이 나지 않아 곧 포기해야 했다고, 그래서 연출가이자 희곡작가로 방향을 틀었지, 그러나 내가 원한 건 언제나 배우였어, 무대 뒤가 아니라 무대 위였고 글이 아니라 말로 존재하고 싶었다고 했다. 그는 말했다. 동양인 중에 그런 수염을 가진 사람이 딱 하나 있는데 그게 여운형이야. 상하이에서 그와 내 친구들은 종종 축구를 하며 어울렸다, 여운형은 빠르진 않았지만 발재간이 좋았고 나와 죽이 잘 맞았어, 그가 진두지휘를 할 때면 연극 공연에서 이루어지는 전쟁 신을 보는 것 같았지. 반면 김구는 축구를 하기엔 너무 늙거나 크다고 스스로 생각했고 여운형과 인물이 어마어마하게 차이 났어, 피터는 말했다.

선우학원과 율리우스는 영어로 대화를 나눴고 체코어는 필요하지 않았다. 그는 율리우스에게 감옥에 온 이유가 뭐냐고 물었다.

영화 제작을 거절했지요. 헬레나가 말했다. 체제를 선전하는 종류의 영화였어요. 율리우스는 아무 말도 하지 않았다. 입가에 미소를 머금고 있었고 그것은 긍정도 부정도 아닌 일종의 여유, 생명의 위협에서 벗어난 레지스탕스의 미소처럼 보였으며 독일 상공에서 폭격을 퍼붓는 미국인 조종사의 미소처럼 보이기도 했다. 단지 그것이 이유의 전부인가? 선우학원이 말했다. 전부다. 율리우스가 대답했다. 내 생각에 이것은 일종의 예방책이다. 무엇을 예방하는가? 영화 제작을 예방한다. 선전 영화를 만들지 않으면 비판적인 영화를 만들 것이다. 그러므로 자신을 감금한 것은 문화적 예방접종이다. 율리우스는 말했다. 체제는 스스로 자라고 진화한다. 원하는 방식으로 성장시키기 위해선 병에 걸리기 전에 예방주사를 맞아야 한다. 그는 오른손으로 총 모양을 만들어 자신의 왼팔뚝에 댔다. 정권이 생명을 다루는 것은 정권이 생명이기 때문이다. 선우학원은 율리우스와의 대화가 부정확한 영어

발음의 셰익스피어 공연을 보는 것 같았다고 훗날 소니아에게 말했다. 프라하에는 1년 365일 공연이 올라오는 셰익스피어 전용 극장이 있다. 사회주의 국가에, 제국주의자들의 유산이 공연되지만 아무도 말리지 않았고 즐기기까지 했지요. 나도 프라하에서 거길 가는 게 가장 좋았어, 대부분 체코어로 공연했지만 셰익스피어의 극이라면 달달 외워서 보는데 문제가 없었고 가끔은 영어로 공연을 하기도 했어, 첫 몇 장면은 지독히 웃기지만 곧 적응된다, 놀라울 정도로 대사가 쏙쏙 들어온다, 특히 비극적인 장면에선 체코식 발음이 진가를 발휘해, 가끔 배우들은 그 대사가 무슨 뜻인지 알지만 그 단어가 무슨 뜻인지는 전혀 모르는 것처럼, 생전 그런 단어는 듣도 보도 못한 것처럼 말하고 거기엔 끔찍하지만 웃긴 뭔가가 있어요. 의미가 사라진 단어, 영혼 없는 발음, 그러나 기계적이진 않아요, 절대, 기계적이진 않죠. 그들에겐 의도적으로 노린 아이러니 같은 게 없기 때문이라오. 그러므로 그것은 이중의 아이러니였고 원래 이중인 아이러니가 이중이라면 제곱이 되는 것이지요. 선우학원은 소니아에게 그리스 철학에서 에이로네이아가 이러한 사태를 일컫는 말이라고 했다. 나의 무지와 당신의 무지, 이 둘을 곱하는 겁니다. 나와 당신은 모두 알고 있다고 생각하지요. 무엇을 아느냐 물으면 그제야 알게 됩니다. 아무것도 아는 게 없다는 사실을요.

과학이 담고 있는 메시지를 그 완전한 의미에서 받아들이게 되면, 인간은 마침내 수천 년 동안 지속되어온 자신의 오랜 꿈에서 깨어나 자신의 완전한 고독을, 자기 존재의 근본적인 이상함을 발견하게 될 것이다. 이제 그는 자신이 마치 집시처럼 우주의 (중심이 아니라) 변방에서 살아가고 있음을 알게 된다. 우주는 그의 음악에 귀 기울이지 않으며, 그가 꿈꾸는 희망에도, 그가 겪는 고통이나 그가 저지르는 범죄에 대해서와 마찬가지로 무관심할 뿐이다.

모든 차이에도 불구하고 철학자는 두 종류로 나눌 수 있다. 얀이 말했다. 개를 기르는 부류와 개를 기르지 않는 부류. 개를 기르는 부류는 개에게 영혼이 있다고 믿는다. 기르지 않는 부류는 없다고 믿는다. 그러나 이러한 구분은 금세기 들어 한계에 부딪쳤다. 이제 개를 기르는 부류는 개에게 영혼이 없다고 믿는다. 다시 말해 개에게 정말 영혼이 있다고 믿는다면, 개를 기를 수 있을 것인가? 목줄을 묶고 입마개를 하고 끌고 다니며 강제로 교배시킬 수 있는가? 질문은 이어진다. 그러나 그렇기 때문에—개의 훌륭함으로 판단하건대, 영혼은 없는 편이 낫다. 종교가 지배하는 사회에서는 인간에게 영혼이 있다고 믿었다. 유물론적인 사회에서는 인간을 뉴런과 DNA로 이루어진 생물학적 기계로 생각한다. 영혼은 인식의 착각이다. 판단은 외부에서 주어진다. 그러므로 인간은 더 훌륭해졌고 (개처럼!) 인간은 인간을 기를 수 있다.

그럼 고양이는요? 헬레나가 물었다. 얀은 테이블 위에 누워 있는 (그렇다, 누워 있다) 요제프를 보며 말했다. 고양이가 그런 문제에 신경이나 쓸까요?

윌리는 얀과 헬레나의 대화를 들으며 소파에 앉아 있다. 헬레나는 윌리에게 눈을 좀 붙이는 게 좋겠다고 했고 윌리는 손님 방에서 두어 시간 잠을 잤다. 그가 잠에서 깼을 때 거실에서 얀의 목소리가 들렸다. 윌리는 정체를 알 수 없는 사람들에게 체포되는 꿈을 꿨고 그들은 윌리에게 목줄을 채우고 화약탑 아래로 개처럼 끌고 갔다. 윌리는 아랫도리를 입고 나오지 않았다는 것을 깨달았다. 잡혀가는 건 좋지만 바지는 입게 해주시오! 윌리가 소리쳤고 그는 소리치는 동시에 다시 한번 깨달았다. 호텔에서 나올 때에도 바지를 입지 않았다는 사실을. 바지도 팬티도 없이 호텔 로비를 통과해 트램을 탔고 블타바강을 건너 헬레나의 아파트로 들어간 것이다. 헬레나가 훤히 드러난 그의 하반신을 보며 무슨 생각을 했겠는가. 그녀는 아마 윌리를 배려하느라 아무 말도 못한 것이리라. 그리고 얀에게 이렇게 말했겠지. 윌리가 지금 정상이 아니다. 바지를 벗고 있는데 아무 말도 하지 마라. 그가 수치스러워할지도 모른다.

얀은 대답했다. 걱정하지 마시오. 그것은 본질적인 문제가 아니니. 문제는 그가 상의는 입고 있다는 것이지요. 얀이 웃으며 말했고 헬레나도 따라 웃었다. 윌리는 침대에 누운 채 생각했다. 이제 내가 대화를 나눌 수 있는 사람은 미스터 루다 하나밖에 남지 않았다고, 나의 비밀을 모두 알고 있고 내가 무엇을 선택해야 하는지 알며 무엇을 선택하면 안 되는지 아는 유일한 사람. 루다는 카페 프란츠에서 말했다. 내

84

가 하는 일을 당신이 하면 된다고. 우리는 실질적으로 같은
일을 하는 거라고.

정웰링턴은 율리우스가 마음에 들지 않았다. 그런 부류를 마음에 들어 했던 적은 한 번도 없다. 여유 있고 낙천적이며 행위와 사건에 집착하지 않는, 자신과 사태를 객관적으로 파악하는 사람들. 그것은 오직 가진 자의 특권 아닌가. 현피터가 말했듯 혁명가라면 미간에 어둠이 있어야 했고 힘껏 떠들고 놀다가도 침묵을 유지할 줄 알아야 했다. 율리우스에게는 그런 면이 없었다.

윌리는 투옥된 이유가 부당하면 항소하면 되는 거 아니냐고 반문했다. 대화는 선우학원의 파리 여행기와 율리우스, 헬레나의 로마 여행기로 한창이었으므로 — 로마와 파리를 비교하는 것은 숙명적이다, 율리우스가 말했고 헬레나는 로마와 파리를 비교하는 것은 프라하와 부다페스트를 비교하는 것만큼이나 따분하다고 덧붙였고 — 분위기는 순식간에 경직됐다. 윌리는 마음에 담고 있는 말을 부드럽게 풀어 하는 재주가 없었다. 심각하지 않은 질문도 심각하게 하는 바람에 다른 사람의 기분을 상하게 했다. 그에게는 모든 질문이 어려웠고 그것은 질문의 내용 때문이 아니라 질문의 존재 방식 때문이었다.

이렇게 대답하는 편이 이해가 쉬울 것 같군요. 율리우스가 말했다. 체코에는 두 명의 요제프가 있습니다. 야로슬라프 하셰크의 요제프 슈베이크와 프란츠 카프카의 요제프 K.

율리우스는 당연히 둘에 대해 들어봤겠지,라는 듯 선우학원과 윌리의 눈을 쳐다봤다. 선우학원은 책을 읽지 않았지만 이야기는 알고 있었다. 착한 병사와 소송? 그가 윌리에게 물었고 윌리는 고개를 끄덕였다.

그럼 이 두 명의 요제프가 카를교에서 마주친다고 상상을 해봅시다. 말라스트라나에서 두 명의 호송관에게 양팔이 잡힌 요제프가 끌려오고 카를로바에서 두 명의 집행관에게 양팔이 잡힌 요제프가 끌려오고 있습니다. 두 사람 모두 부당한 대우를 받는다는 사실을 알고 있습니다. 무슨 일이 벌어질까요? 둘은 서로를 알아볼까요? 공감하거나 힘을 합쳐 위기에서 벗어나기라도 할까요? 프라하에서 그런 일은 일어나지 않습니다. 그들은 서로를 보지 못하고 존재도 느끼지 못합니다. 그들의 상황은 그들을 외부로부터 격리합니다. 이게 묵시론적인 프라하의 성 안에서 벌어지는 일입니다. 아무런 물결도 일어나지 않는 블타바강 위에서 벌어지는 일이고 저항도 없이 나라를 통째로 건네준 나라에서 일어나는 일입니다. 그러나 이게 끝은 아니죠. 두 무리가 지나치는 순간 무슨 일이 일어나긴 합니다. 본인들도 모르는 어떤 변동, 요제프를 영웅으로 이끄는 운명의 장난이나 요제프를 죽음으로 이끄는 숙명으로 진입하는 어떤 변곡점이 둘 사이에서 일어납니다. 죽느냐, 사느냐? 그러나 이건 연극이 아니라 실제 상황이고 선택이 아니라 의무입니다. 두 사람은 마주치기 전까지 자신이 어느 요제프인지 알 수 없습니다. 사실 마주치고 난 뒤에도 모르죠. 모든 것은 결론에 이르러서야 판결 납니다.

돈은 없고 시간만 있을 때 나는 종종 프랑스 정원에 갔다. 입구에는 표지판이 있었다. 〈개와 중국인 출입 금지〉 너의 외할아버지와 나는 양장을 입고 있었고 그래서 들어갈 수 있었다. 당시만 해도 상하이에서는 양장을 입는 중국 사람이 없었고 만일 있었다면 중국인들이 그를 가만두지 않았을 거다. 현피터는 상하이에서의 삶이 그와 그의 누이, 그러니까 윌리의 엄마인 현앨리스의 삶을 결정했다고 말했다. 우리는 쉬지 않고 세계를 떠돌아다녔지만 상하이에 있을 때와 같은 경험은 다시 할 수 없을 것이다. 그때 막 머리가 굵어지기 시작했고 사랑하는 사람이 생겼고 흠모하는 사람이 생겼어. 처음으로 억울한 일을 당했고 너무 무섭고 서러워서 하루 종일 목놓아 운 적도 있지. 우리를 따라다니며 욕하고 때리는 중국인들과 서양인들, 새카만 소년들은 집 앞에 진을 치고 앉아 한인들을 조롱하는 노래를 불렀다. 나는 돈이 없었고 갈 곳도 없어서 프랑스 정원으로 갔어. 거기 가면 중국인들이 우릴 따라올 수 없었다. 빛을 받은 초록색 잔디는 거의 황금빛이었고 짧고 얇은 옷을 입고도 추위를 느끼지 않는 백인들이 누워서 햇볕을 쬐고 있었어. 나무들은 폭력적일 정도로 정갈하고 네모나게 다듬어져 있었고 호수 위의 백조들은 자신의 태생을 의식하는 듯 거만하게 떠다녔다. 모든 게 너무 완벽하게 고요해서 나는 그곳이 전생에 살았던 곳은 아닐까 생각했다. 나중 일이지만 파리에 갔을 때도 그런 기분을 느꼈고 그러나 그때는 공산주의에 물들어서 모든 게 제국주의자들의 전횡으로 얻은 아름다움이라는 사실을 알 수 있었지. 그러나 작은 흰색 공을 쫓아다니며 소리치고 깔깔 웃는 그들의 아름다움은 잊혀지지 않는다. 나는 그게 테니스라는 사실을 뉴욕에 와서야 알게 됐어. 그들은 공놀이를 내 침실보다 깨끗하고 잘 정리된 곳에서 했다. 현피터는 상하이 소년혁명단 소속으로 외국인과 싸우는 게 업인 아이였고 현앨리스는 진짜 혁명가이자 스파이였다. 누이는 하와이와 상하이, 도쿄와 서울을 제집 드나들듯 오갔는데 매번 이름도 바뀌고 남편도 바뀌고 하는 일도 바뀌었어. 그녀가 뭐 때문에 오가는지 뭘 가지고 오가는지 아무도 몰랐고 알려고 들지도 않았다. 가끔 상하이의 집에 모습을 비출 때면 누이 때문에 온 집안이 들떴지만 아무도 함부로 소리 내 웃거나 떠들지 않았고 엄숙하고 조용한 분위기 속에서 세계에 대해 어떤 생각을 하는지, 일본의 패악에 어떻게 대응할 것인지 속삭이듯 말했지. 나는 그럴 때면 너무 즐겁고 두근거리고 신이 나서 잇새로 비집고 나오는 미소를 참느라 혼이 났다, 우리가 나라를 구할 것이라고 생각했기 때문이다. 윌리야, 정말 나와 누이는 우리가 중요한 일을 하고 있다고 믿었다, 중요한 일이 있다고 믿었고 세상이 달라질 거라고 생각했다. 한 번은 아버지와 프랑스 정원을 다녀오는 길에 너댓 명의 중국 소년들이 우리를 쫓아왔다, 악질적인 인력거꾼의 똘마니로 집요하게 우리를 조롱하던 놈들이었다. 아버지는 참지 않았어, 물이 가득 담긴 양동이를 들고 그들을 쫓아갔고—아마 그건 그냥 물이 아니었을 거다, 그러나 아버지는 거기에 대해선 결코 말하지 않았어, 나는 아직 어렸고 아버지는 내가 힘들지언정 더럽고 추한 것을 보는 걸 피하게 했다, 삶은 결코 낡지 않는다, 가난한 것은 더러운 것이 아니고 힘이 없는 것은 추한 것이 아니다, 어머니와 아버지는 아무리 돈이 없어도 청결과 떳떳함, 지식과 고결함을 유지했다, 이것이 무슨 의미인지 잘 알아야 한다, 피터는 말했다. 그러나 그와 그의 아버지이자 윌리의 외할아버지인 현순은 중국 아이들의 부모가 부른 경찰에 의해 구속됐고 수갑을 찬 채 끌려가 지하 감옥에 갇혔다. 재판은 졸속으로 진행됐다. 어디선가 나타난 찢어진 제복을 입은 경찰은 현순 부자가 아이들뿐 아니라 체포하러 온 경찰에게도 폭력을 휘둘렀다고 진술했다. 유죄. 우리는 죄도 없는데 어느 날 죄인이 되었다! 나는 눅눅하고 악취가 나는 지하 감옥에서 매일 악몽을 꿨고 아버지에게 말했다. 평생 여기에 있게 되는 거 아니냐고, 영원히 풀어주지 않으면 어떡하냐고. 아버지는 그럴 리 없다고 했지만 내게는 씨도 먹히지 않았다. 죄가 있다면 죗값을 치르고 나올 텐데 죄가 없는데 어떻게 한단 말인가. 설명이나 저항을 하려 해도 어떻게 해야 할지 알 수 없었다. 아버지는 어느 날 잠에서 깨어 투정을 부리는 내게 『다니엘서』 6장에 나오는 사자 굴에 빠진 다니엘의 이야기를 들려줬다. 그런데 사자들은 그를 해치지 않았단다. 왜냐하면 다니엘이 사자를 두려워하지 않았기 때문이지. 무슨 말인지 알

겠니? 두려워 말고 의심하지 말거라. 그런데 사자들이 그 사실을 어떻게 아나요? 피터는 물었다. 아버지는 말했다. 사자들은 그 사실을 알 필요가 없단다. 중요한 건 너가 그 사실을 알고 있다는 거야. 현피터가 말했고 정웰링턴은 더 이상 종교를 믿지 않게 된 이후에도 그 이야기를 잊지 않았다. 그는 면회가 끝나고 돌아오는 길에 선우학원과 헬레나에게 현피터와 『다니엘서』 이야기를 들려줬다. 헬레나의 차는 불이 들어오지 않는 지방 도시의 어둠 속을 벗어나고 있었고 선우학원은 뒷좌석에 기대 지친 몸을 녹이고 있었다. 선우학원이 성경 구절을 되뇌었다. 나의 하나님이 이미 그의 천사를 보내어 사자들의 입을 봉하셨으므로 사자들이 나를 상해하지 못하였사오니 이는 나의 무죄함이 그 앞에 명명백백함이오며, 또 왕이여! 나는 왕에게도 해를 끼치지 아니하였나이다.

무엇을 할 것인가

어느 날 아침 안나는 식물원이나 꽃집 아니면 그 비슷한 아무 곳에나 들러 묘목을 사야겠다고 생각했다. 얀은 학교에 갔고 타비타는 아침을 먹고 잠들었다. 그녀는 아파트 주변을 걸으며 마을을 둘러봤다. 그곳에는 아무것도 없었다. 아무것도 생기기 전이었고 원래 있던 것마저 사라진 느낌이었다. 하지만 이건 느낌만은 아니야. 안나는 알고 있었고 마을 사람들 모두 알고 있었다. 기차역에서 20분 정도 걸어가면 구 시가지가 나왔고 집의 절반은 비어 있었다. 독일인들이 살던 곳이다. 그들은 2차 대전이 끝난 뒤 모두 사라졌고 시의 인구는 절반으로 줄었다. 지배에서 벗어났지만 지방 소도시에서 그것은 단순한 행복을 의미하지 않았다. 사람들은 바뀐 정권을 따라 공산당에 가입했지만 집은 여전히 비어 있었고 자신도 모르게 독일어로 인사하고 욕했다.

　　나무 주위에는 꽃이나 잡목도 심어야 해. 안나는 생각했다. 그녀는 한 번도 제대로 된 정원을 갖지 못했다. 그러나 그녀만의 정원을 가꿀 공간은 충분했다. 나무를 심는 것은 가치 있는 일이다. 그것은 눈앞에서 벌어지는 일이기 때문이며 매일 할 수 있는 일이기 때문이고 추상적인 것이 아닌 진짜 생명을 다루는 일이기 때문이다. 그러나 다음 날 아침이면 어떤 일도 무의미하게 느껴졌다. 나무라니. 거리나 숲, 들판에 있는 나무가 무슨 나무인지도 모르면서 어쩌겠다는 거지. 아이 둘을 키우는 것만 해도 벅찼다. 헤프라니, 내가 이곳에 왜 온 거지.

정웰링턴이 헤프에 발령받고 몇 년 후 안나와 아이들은 헤프로 거처를 옮겼다. 헤프는 카를로비바리에 비하면 작고 보잘것없는 도시였다. 구시가지 너머 강이 흘렀고 강을 따라 걸으면 중세 시대에 지은 성이 나왔다. 검은 돌로 지어진 삭막한 성으로 프리드리히 2세가 그의 아들에게 하사한 성이었다. 이런 걸 아들에게 선물하다니 아들을 지독히도 증오했나 보군. 안나는 생각했다. 성은 집이 아니라 요새나 벙커, 땅 위에 솟아오른 참호처럼 보였다. 길바닥이나 동굴, 바위틈에서 자는 것과 다를 바 없어. 검은 성에는 유령이 나온다는 오랜 전설이 있었다. 악명 높은 도적인 예니크는 귀족 집안의 자제였으나 몰락한 이후 사람 고기를 먹는 도적단의 두목이 됐다. 성주인 야힘은 기사단을 이끌고 예니크의 도적단을 토벌했다. 예니크는 성의 가장 깊은 곳에 위치한 지하실에 갇혔고 얼마 뒤 죽음을 맞이했다. 곧 야힘도 죽었고 그때부터 성에 예니크의 유령이 출몰했다. 예니크의 유령을 본 사람들은 자살하거나 광인이 되었다. 어떤 사람들은 말했다. 그 유령은 예니크가 아니라 야힘이야. 그러나 그 사실을 똑바로 증언할 수 있는 사람은 아무도 없다. 우리는 죽은 자의 말도 광인의 말도 들을 수 없기 때문이다.

얀은 전설을 좋아했고 계단을 오르기엔 벅찬 타비타를 데리고 성으로 가려고 했다. 얀이 사랑하는 게 도적단인지 기사단인지 모르겠어. 안나는 생각했다. 아이는 예니크와 야힘 모두를 흉내내며 놀았고 가끔 유령이 되기도 했다. 타비타는 울거나 웃었다. 아이가 무슨 생각을 하는지 알 수 없지만 아이를 보고 있으면 그가 무엇을 생각한다는 사실은 알 수 있다. 안나는 그 사실이 중요하다고 생각했다. 설명할 수 없지만 작동하는 무언가가 있고 작동하는 것 너머엔 설명할 수 있는 것이 존재하지 않는다. 중요한 것은 그것이 결국 작동하고 만다는 사실이었다. 목적도 이유도 없이 말이다. 윌리는 움직이는 것 너머에 설명할 수 있는 것이 없다는 사실을 인정하지 않았다. 없는 게 아니라 설명 못 하는 거라고, 그는 말했다.

윌리는 어느 날 이후 대부분의 말을 삼켰다. 그 시기가 언제인지 알 수 없었다. 1962년 겨울이었는지, 수석 의사로 취임하고 난 뒤인지, 처음 만난 순간부터 잠복해 있던 가능성이 실현된 건지 알 수 없었다. 부정적인 것도 가능성이 될 수 있을까. 안나는 생각했다. 우리 삶이 뻗어나갈 수많은 줄기 가운데 어둡고 음울하며 비극적인 능력도 능력이라고 할 수 있을까. 어쩌면 그것은 우리 눈에만 부정적인 것일지도 모른다. 다른 이들에게는 오랜 세월 회자될 이야기의 재료가 될지도 모르고 그런 점에서 잠재되어 있는 것들의 가치는 모두 동일하고 무작위적이며 우연적이다.

윌리가 바람을 피우는 걸지도 몰라. 그는 프라하의 지인인 헬레나의 이야기를 자주 했고 종종 만나러 가기도 했다.

안나도 그녀를 만나고 싶었으나 윌리는 둘의 만남을 꺼렸다. 안나 역시 꼭 만나고 싶은 건 아니었으므로 왕래는 생기지 않았고 윌리가 헬레나에 대해 말하는 횟수는 점점 줄었다. 둘 사이에 단순한 우정 이상의 것이 있는 걸까. 아니다. 윌리는 다른 여자를 사랑하지 않는다. 안나는 생각했다. 단지 나를 증오하는 것뿐이다. 어디서부터 잘못된 걸까?

그의 태도는 당신과의 대화가 나를 화나게 하기 때문이라고 말하는 듯했다. 안나는 참지 못했고 몇 번이고 물었다. 우리 사이에 어떤 문제가 있다. 내가 당신을 기분 나쁘게 했나. 윌리는 고개를 저었다. 대화가 우리에게 도움이 되지 않는다는 사실을 알았을 뿐이야.

대화가 도움이 되지 않으면 우리를 도울 수 있는 건 아무것도 없어.

안나가 말했다. 우리는 대화하면서 만난 게 아니었어?

다른 많은 것도 있었지.

윌리가 말했다.

예를 들면 어떤 것?

윌리는 대답하지 않았다. 예전이었으면 농담을 했을 거고—당신의 몸에 있는 무수히 많은 점, 아들을 가진 이혼녀라는 사실—그러나 이건 농담만은 아니었고 윌리의 농담 대부분은 우스개라고 하기엔 진실의 함유량이 너무 커서 듣는 사람을 당황하게 만들었다—그러므로 윌리는 농담을 할 줄 모른다는 사실을 겸허히 인정하며 사회관계 속에서 듣는 역할로 물러났지만 안나 앞에서는 자기도 모르게 이런저런 말을 했고 그러나 시간이 갈수록 말은 점점 의미를 잃어갔기에 윌리는 아무런 대답도 할 수 없었다. 진지한 답은 그를 곤경에 몰아넣었고 실없는 답은 떠오르지 않았다. 그는 자신이 경직되어가는 것을, 위장부터 천천히 딱딱해져가는 것을 느낄 수 있었다. 비유가 아니라 실제적인 현상이었다. 피는 더디게 흘렀고 부분적으로 고여 멍울을 이루었다. 곧 완전히 굳을 것이다. 나는 완전히 멈출 것이다. 아직 시간은 남아 있지만 시간은 더 이상 의미가 없다. 변화는 불가능하고 할 수 있는 일은 존재하지 않는다. 아니면 그 반대인가? 할 수 있는 일은 존재하지 않고 변화는 불가능하다. 그러므로 시계는 정지했고 꿈은 오로지 과거를 향했다.

근대는 위기의 시대라 할 수 있다. 역사, 철학, 군사, 경제, 과학, 문학, 예술, 정치 거의 모든 분야에서 해마다 위기가 거론된다. 세계는 도탄에 빠졌고 인류는 파멸의 길을 향해가고 있다. 많이 들어본 것 같지 않나, 이지 바차는 말했다. 우리가 그리스어 위기Krisis를 지금과 같은 의미로 사용한 건 2백 년도 되지 않았다네. 1780년대 이후에야, 프랑스혁명 이후에야 위기는 새로운 시대 경험에 대한 표현이 되었다. 중요한 건 이 위기가 일상적이라는 사실이야. 위기가 일상적일 수 있나? 그것은 모순 아닌가? 만일 그렇다면 우리는 위기를 이렇게 이야기해볼 수 있지 않을까. 위기는 사실상 '위기'가 아니라 선택이라고. 고대 그리스에서 위기는 선택을 의미했다. 옳음과 그름, 구원 또는 심판, 삶 혹은 죽음을 선택해야 하는 순간, 양자택일을 요구하는 상황, 찬성이냐 반대냐를 요구하는 시대. 그게 바로 '위기'라네. 그런 의미에서 근대 이후 모든 일상이 위기라고 말하는 건 과장이지만 사실이었다. 재밌는 건 그럼에도 최근 지나온 10년을 프랑스혁명 이후 유일하게 위기가 없었던 시대라고 말할 수 있다는 거네. 세상은 이상한 정체에 빠졌다. 전후 5년 동안 선택은 빠르게 이루어졌고 그저 기다리는 시대가 왔기 때문이야. 아무 일도 소식도 없는 시골 별장에 들어앉아 안락과 공포, 수동과 저항, 폭발과 퇴거, 3차 대전과 천국의 발견을 고대하거나 준비하는 시기. 선택과 살해, 방기, 외면, 불능, 부정 모든 것이 횡행하지만 무서울 정도로 고요하고 당연한 시기. 모든 정체

97

의 시기는 시간을 재편성하네. 중세가 그랬듯 어두운 곳에서는 거리감이 사라지는 법이지. 그리고 1960년대가 되었네.

윌리는 이지의 말을 이해할 수 없었다. 서방세계에나 어울리는 이야기라고 받아들였다. 지극히 유럽인다운 발상이야. 넓게 봐도 미국 정도가 포함되겠지. 전쟁이 끝나고 가족과 친구들이 죽었고 사라졌으며 쫓기는 신세가 되었다. 그의 말은 개념적이고 추상적인 말장난일 뿐이다. 윌리는 생각했다. 그러나 어느 순간 이지의 말이 진실을 드러내고 있다는 걸 깨달을 수 있었다. 평소처럼 일을 끝내고 적막한 병원의 로비를 통과해 언덕을 내려가는 동안 그는 생각에 사로잡혔다. 나와 가족, 친구들의 삶에는 어떤 위기도 없었다. 죽음이 목전에 닥치거나 심지어 죽었다 할지라도 우리는 전혀 위태롭지 않다. 이것은 선택의 문제가 아니기 때문이다. 선택을 내리고 움직이는 것은 그가 1940년대 말 체코에 입국하기 위해 잠시 거쳤던 파리나 뉘른베르크의 사람들이나 할 수 있었던 것이다. 하와이와 캘리포니아의 미국인들이 가진 특권일 뿐이야. 우리에게는 선택권이 없고 선택권이 없다는 사실은 삶의 규칙이 선별적으로 작용한다는 증거였다. 내가 공부하고 탐구했던 규칙과 심지어 규칙의 외부조차 특정 군만 속할 수 있는 것이다. 그렇다면 그 외의 존재들은 무엇일까? 어머니, 현씨 가문 사람들, 체코의 한인들은? 우연과 예외가 꼭 불규칙적인 것은 아니었다. 일정 수 이상의 데이터만 있다면 모든 것은 대수의 법칙에 포함될 수 있고 패턴을 찾을 수 있다. 그러나 데이터가 그 전에 멈춘다면 경향을 드러낼만한 숫자가 존재하지 않는다면 그 데이터는 어디에 속할 수 있을까. 그것은 불규칙성도 아니고 우연도 아니며 매혹이나 창조적인 그 무엇도 아니다. 예외는 저주일 뿐이다.

　날씨는 흐렸고 때 이른 추위가 헤프를 덮쳤다. 하늘은 회색빛이었다. 좁쌀처럼 허공에 흩어지는 익숙하고 성가신 비가 얼굴을 때렸다. 윌리는 자신이 서 있는 곳에 대해 생각했다. 언덕 위로 병원 건물이 보였고 아래 구시가지가 보였다. 성니콜라스 성당의 첨탑이 흐린 날씨 속에도 뚜렷했다. 그는 한 번도 성당에 가지 않았다. 검은 성에도 가지 않았다. 안나와 아이들만이 이 작은 도시를 탐구했다. 윌리는 갑작스레 시간을 건너뛰었고 시간의 구덩이에 빠졌다. 김강과 파니아를 만난 것이 올해였는지 작년이었는지 알 수 없었고 선우학원의 마지막 편지를 받은 겨울이 올해 초인지 지난해 말엽인지 알 수 없었다. 이런 착각, 혼란은 흔한 것이다, 윌리는 생각했지만 문제가 단순하지 않다는 사실을 알 수 있었다. 모든 시간이 구분 없이 드러나는 것은 마지막에 도달했다는 것을 뜻했다. 다른 사람이나 시대의 조류와 상관없이 홀로 끝에 다다랐다고 윌리는 생각했다. 체코에 온 이후부터 지금까지 매일 같은 곳을 걸어온 것 같은 착각에 빠졌고 안나와 함께 살기를 결심한 일련의 선택과 순간 들은 다른 곳으로 건너가기 위한 시도였다는 걸 깨달았다. 그는 길을 건넜지만 건너간 곳은 존재하지 않았고 원래 있던 곳은 재가 되어 사라졌다. 모든 시도는 무산되었고 그는 어디에도 도착하지 못했다. 그는 처음부터 예외적인 존재였고 발버둥 쳤음에도 불구하고 예외로 남았다. 철저히 혼자였고 무엇도 그 사실을 바꿀 수 없었다. 윌리는 길 위에 한참을 서 있었다. 그것이 지루하거나 외롭지 않았으므로 그는 해가 질 때까지 그 자리에 있었다.

헬레나의 집을 떠난 윌리는 김강을 찾아가려고 했다. 아주 쉬운 일이다. 김강과 그의 아내 파니아 굴위치는 호텔 인터내시오날에 묵고 있었다. 윌리도 같은 호텔에 묵었다. 엘리베이터를 타고 그의 층으로 가서 문을 두드리기만 하면 될 일이다.

그러나 마음의 준비가 필요해.

이런 일을 하기 전에는 많은 준비가 필요했다. 절대적으로 그렇다는 의미가 아니라 본인과 같은 유형의 사람은 그랬다. 준비란 문제 앞에서 도피하거나 우유부단한 태도를 보이는 사람들의 경향이었다. 그러나 그런 경향에는 어떤 존재론적 이유가 있을지도 모른다.

윌리는 지연된 순간들, 망설임 속에서 편안함을 느꼈다. 무엇을 하고 있지만 무엇도 하고 있지 않은 것, 이동하고 있지만 목적지가 없고 수행하고 있지만 결과가 없는 실험. 오로지 실험을 위한 실험의 목록들. 사람들은 그의 실험이나 사고를 납득하지 못했다. 문제의식은 있지만 해결책은 없군요. 그래서 주제가 뭐요? 말하고자 하는 바가 뭡니까? 정 웰링턴이 작성한 연구 계획서는 엉터리였다. 그는 의도와 예상 결과를 억지로 짜냈다. 목적을 설명하고 납득시키는 일이 갈수록 힘들었다.

그러나 남들이라고 다를 건 없어. 다른 점이 있다면 그들은 꾸며낸 방향을 스스로 믿고 있다는 거였다. 중요한 것은 믿음이 아니었다. 믿는 것을 얼마나 믿느냐였다.

윌리는 옷을 갖춰 입고 호텔 문고리를 잡은 상태로 한참 있었다. 몇 번이나 창가로 걸어가 호텔의 뒤뜰과 정원을 확인했다. 스팀에 기대 시간을 보냈고 머플러를 여러 번 다시 맸다.

김강을 만나지 않을 생각이라면 휠러 부부를 만나자. 오랜만에 올샤니 묘지에 가는 것이다. 그는 묘지를 걷는 상상을 했다. 올리버와 함께 비석 사이의 좁은 틈으로 걸어 들어가는 것이다, 죽은 자 위에서 죽은 자들과 연관이 없는 꿈을 꾸고 조문객이 두고 간 꽃과 물건에서 삶을 엿보는 것이다. 하지만 날씨는 너무 추웠고 산책은 불가능했다. 꽁꽁 언 몸을 질질 끌며 죽음에 대해 생각할 것이다. 죽음과 함께 걷기, 죽음에 둘러싸여 죽음을 향해가는 것. 윌리는 어지럼증을 느꼈고 구역질이 났다. 며칠 후 이지가 프라하에 온다고 했다. 그와 함께 공연이나 보는 게 나을지도 몰라. 페트린 타워에 가거나 카페 루브르에서 재즈 공연을 보는 것도 좋은 생각이다. 윌리는 짐을 뒤적였다. 읽기에 좋은 책이 있을지도 모른다. 김강과의 대화에서 어떤 책이 필요할까. 그는 마르크스 레닌주의 전문가니까 레닌의 책이 좋겠지. 그러나 나는 그것들을 모두 버리지 않았나. 게다가 이곳은 프라하의 호텔 방이고 집을 떠나면서 아무런 책도 챙겨 오지 않았다. 윌리는 미국에서 온 김강의 관심사가 무엇인지 짐작할 수 없었다. 그를 못 본 지 10년이 지났다. 김강은 자본주의 국가의 심장에 있었지만 공산주의 바로 곁에 존재했고 윌리는 공산주의 국가에 있었지만 공산주의에서 영원히 탈락했다.

정 웰링턴은 김강을 보는 일이 두려웠다. 김강은 과거에서 온 전령이었다. 공산주의가 보낸 사신이었고 심판관이었다. 윌리는 과거를 기꺼운 마음으로, 투명한 상태로 마주할 수 없었다. 윌리는 기억 속에서 편안함을 찾을 수 없었고 그가 거처할 시간은 존재하지 않았다. 윌리는 현재에 답해야 했다.

돌이켜보면 김강이 LA에 살았다는 사실은 여러모로 이상했다. 모순이라면 모순이고 합당하다면 합당하다. 1940년대 말 재미 한인이 갈 수 있는 도시는 많지 않았다. 사람들은 일본인도 중국인도 반기지 않았고 한국인의 존재는 몰랐다. 뉴욕에 살거나 LA에 사는 게 안전하지. 외국인과 이민자가 잔뜩 있으니 그나마 괜찮아.

그러나 김강은 그냥 외국인이라기엔 너무 마르크스주의적이었다. 이런 말이 어울린다면 말이다. 그는 닷지를 타고 다니며 허공에 삿대질을 했다. LA는 악의 근원이다. 우리는 사방 천지에서 자본주의의 병폐를 볼 수 있다. 김강은 사람들의 차림새, 반바지, 오픈칼라 셔츠, 선글라스를 경멸했고 다양한 색과 무늬, 장식으로 뒤덮인 차를 보면 박지 못해 안달이었다. 올해의 교통사고라는 상이 있다면 김강 선생이 따 놓은 당상이지요. 할리우드는 현대판 소돔과 고모라고 결국 그들 스스로 파멸할 거야. 김강은 말했지만 윌리는 겉만 봐서는 김강이야말로 LA에 가장 잘 어울리는 한인이라고 생각했다. 그는 넓적한 얼굴과 두꺼운 몸을 가진 중년 사내로 올백한 머리와 갈색으로 그을린 피부는 기름으로 번들거렸다. 행동에 거침이 없었고 도로를 건널 때 주위를 둘러보지 않았다. 이 도시를 벌하러 온 것인지 지배하러 온 것인지 알수 없었고 어쩌면 둘 사이에는 아무런 차이가 없을지도 몰라. 윌리는 김강이 정직하게 생긴 에드워드 G. 로빈슨 같다고 생각했다. 김강의 영어 이름은 Diamond kimm이었고 그는 대학에서 지리학과 화학을 전공하고 광산 회사와 군수 업체에서 일했다. 다이아몬드라는 이름은 일종의 유머이자 도발이었고 자존감의 표출이었다. 김강은 시비를 두려워하지 않았다. 싸움을 벌이는 것은 권리에 대한 주장이다. 그러므로 그것은 마르크스주의자의 의무다.

김강은 LA의 휘티어 지역에서 살았고 과일과 채소 장사를 하며 필요한 돈을 벌었지만 주업은 신문 『독립*Korean Independence*』을 편집하는 것이었다. 『독립』은 좌익 성향의 재미 한인들이 보는 신문으로 김강은 편집을 하고 운영을 하고 필진을 섭외했으며 칼럼을 쓰고 취재를 하고 인쇄소를 돌리고 돈을 쏟아부었다. 현앨리스도 『독립』의 필진이었고 선우학원과 이경선도 그랬다. 그들은 무크지를 만들듯, 당원들이 선전 팸플릿을 만들듯 신문을 만들었다. 신문은 저널이 아니라 그 이상의 어떤 것 또는 그 이하의 어떤 것이었고 비명이자 외침, 도발이자 선언이었으며 선제공격이자 방어였다. 한때 발행 부수는 3만 부에 육박했다. 그러나 종전 이후 점차 낮아지기 시작해 김강이 『독립』의 사장이 된 1947년 이후에는 운영이 힘들 정도로 바닥을 쳤다. 그러나 그들은 계속 신문을 찍었다. 독자를 위해 존재하는 게 아니라 그들을 위해 존재하는 것처럼, 세계의 외면이 그들의 존재 의의를 증명해주는 것처럼 신문에 매달렸다. 십대의 윌리도 『독립』의 열렬한 애독자였다. 특히 철학과 과학, 정치가 과감하게 결합된—다시 말해 부정확하고 엉터리 같은 정보가 포함

된 김강의 칼럼을 즐겨 읽었다. 김강은 K. K.라는 필명으로 글을 썼고 이것 역시 도발이었다. 쿠 클럭스 클랜을 떠올리게 하지 않아? 그것을 떠올리게 하는 게 어떤 식의 도발이 되는지, 어떤 의미가 있는지 사람들은 알 수 없었고 김강 역시 제대로 설명하진 못했지만 그는 K. K.라는 필명을 좋아했다.

월리는 안나에게 김강은 자신이 무엇으로 불리는지에 대한 두려움이 없는 사람이라고 설명했다. 신경질적인 낙관주의자고 지옥에서도 살아 돌아올 수 있는 종류의 사람이라고. 연애 초기 월리는 사라진 모험과 투쟁에 대해 이야기하길 좋아했고 안나는 이야기를 듣는 게 좋았다. 모험과 투쟁이 좋아서가 아니라 월리가 누구에게도 털어놓지 않은 이야기를 하고 있다는 사실 때문에 좋았고 월리 역시 누구에게도 못 한 이야기를, 짧은 삶의 한순간 빠졌고 꿈꿨던 것에 대해 이야기할 수 있다는 이유 때문에 좋았다. 그러면 잠깐이지만 둘 모두 착각에 빠질 수 있었다. 월리는 삶이 지금도 의미 있으며 모험이 지속되고 있다는 꿈을 꿀 수 있었고 —안나가 자신의 이야기를 신나게 들은 날은 카를로비바리의 비탈을 거의 뛰어서 내려오곤 했다—안나는 외부 세계의 힘이 미치지 않는 장소를 발견한 은밀한 즐거움을 누렸다. 그곳은 찬동과 반동 어디에도 속하지 않거나 둘 모두에 속한 채 공공연히 속삭이는 초현실적인 장소였지만 오래 지속되진 않았다. 월리의 불안정한 기반은 안나가 원하는 방식의 진동을 받아들이지 못했다. 월리는 세계를 용인하는 동시에 반대하는 법에 익숙해질 수 없었고, 그러나 그것은 그의 잘못이 아니었다. 그리고 윌리의 잘못이 없다는 바로 그 사실 때문에 안나와 그의 간극은 고치거나 바로잡을 수 없는 종류의 것이 되었다. 안나는 우리가 아무것도 결정할 수 없다는 사실이 우리를 행복하게 만든다고 생각했다. 이지는 이것을 평정이라고 부른다고, 안나는 말했지만 윌리는 납득하지 않았다. 자유가 없는 사회가 어디인지에 대한 합의도 이루어지지 않는데 그곳에 살고 결정하는 것에 대한 이야기를 어떻게 나눌 수 있을까! 불가능은 하나의 대상이 아니었기에 싸울 수 없었다. 그것은 쌓이고 겹쳐 심지어 가능성으로 보일 정도였고 어떤 사람들은 특정한 태도를 연마하는 데 성공했지만 윌리는 그렇지 못했다.

안나와 이지는 프라하의 빌소노보역에서 만났고 안나는 카를로비바리 밖에서 이지와 단둘이 있는 게 처음이라는 사실을 깨달았다. 함께 여행이라도 온 기분이야. 이지는 출장차 프라하에 왔으며 안나는 프라하에 있는 윌리를 보러 왔다. 여러 일이 겹쳤고 그럼 이참에 프라하에서 우리 모두 보는 것도 좋겠군, 이지가 말했고 안나는 수락했다. 윌리에게는 동의를 구하지 않았다. 윌리가 호텔 인터내시오날에 묵고 있는 건 알았지만 전화를 할 생각은 들지 않았고 연락하면 거절할 거라는 생각이 들었다. 그녀는 윌리를 놀라게 하고 싶었다. 예상 못 한 만남에 깜짝 놀라게 하고 싶었고 이번 만남이 새로운 환상을 가져다주기를 원했다.

1957년 겨울, 그녀의 아파트에서 윌리는 말했다. 당신을 프라하에서 본 적이 있어. 1950년 메이데이 날이었고 그때 축제의 한복판인 바츨라프 광장에서 당신을 봤지.

안나는 깜짝 놀랐다. 내가 거기 있었다는 사실을 어떻게 알았어? 봤으니까 알지. 윌리는 수수께끼 같은 미소를 띠고 말했다. 안나는 윌리의 말이 농담인지 진담인지 구분할 수 없었다. 오래전의 일이었고 수많은 인파 속에서 그들이 만났으며 그걸 기억하고 있다는 사실이 소름 돋는 한편—아주 은근하고 집요한 스토킹의 일종 아닌가—터무니없이 운명적이고 낭만적이어서 그녀는 웃음을 터뜨렸다. 그녀의 거실에는 메이데이에 찍은 사진이 있었다. 동료들과 나란히 국립박물관을 배경에 두고—박물관은 보이지 않는다, 광장의 끝에서 그 지붕만 살짝 비출 뿐 거리는 인파로 가득하고 그녀의 얼굴에는 자신만만한 미소가 떠올라 있다. 안나는 자신이 예전에 그렇게 웃었다는 사실을 깨달았다. 그저 웃음을 터뜨리거나 기쁨의 미소를 짓는 게 아니라 거침없이 상대에게 던지는 불덩어리와 같은 미소, 거의 화염방사기에 가까운 미소. 그러니까 당신은 이 사진을 보고 방금 그 말을 꾸며낸 거군. 안나는 말했고 윌리는 어깨를 으쓱했다. 마음대로 생각해. 하지만 나는 분명 당신을 봤고 잊지 않았어. 잊지 않았다는 사실을 지금에서야 깨달았지만 말이야.

윌리와 안나의 사이는 이제 거의 망가졌고 그러나 아직 아무도 포기하지 않은 상태임을 안나는 알고 있었다. 그러니 그녀는 노력해야 했다. 나아질 수 있다는 믿음만이 살아갈 수 있는 동력이야. 실제로 나아질 수 있기 때문에 그렇게 믿는 것이 아니라, 단순히 연료로서 그것이 필요하다는 말이며 연료는 가장 단순하지만 설명할 수 없는 종류의 진실이었다. 사람들은 이것을 희망이라고 부를 테지만 안나는 그렇게 말하고 싶지 않았다. 나는 희망하는 것이 없어. 어쩌면 희망하지 않는 것을 가장 희망하는지도 몰라.

안나는 이지에게 윌리와 나는 완전히 박살났어,라고 말하지 않았지만 이지는 눈치채고 있었다. 그 역시 윌리와 관계가 소원해졌다. 특별한 계기도 없이 멀어진 것이다. 윌리는 이지의 이야기에 침묵했으며 오랜만에 얼굴을 봐도 곧 헤어졌다. 이지는 윌리의 마음에 일어난 변화를 눈치챘지만

110

그게 자신이 싫어서인지 헤프에 잘 적응해서인지 다른 무언가에 마음을 뺏긴 탓인지 알 수 없었다. 셋 다일지도 모르지. 이지는 쉰 살이었고 스스로의 나이를 생각하면 깜짝 놀랐다. 그의 곁에는 또래 친구가 하나도 남지 않았다. 그는 고향을 떠났고 과거의 친구들을 잃거나 버렸으며 제대로 된 연인은 가져보지 못했다. 지니는 것은 불편했고 버리는 것에 익숙해졌다. 심지어 열쇠나 지갑도 두고 다녀. 직장 동료들은 이지가 모자를 쓰지 않는다고 불평했지만 모자 같은 건 머지않아 사라질 것이다. 미래에는 우아함이나 예의의 기준이 바뀔 것이다. 이것이 바람인지 예측인지 구분하기 힘들지만 그런 생각이 들었고 자신이 그때까지 살아 있을지 조금도 짐작가지 않았다. 너무 많은 것들이 망가지거나 변했고 적응하기 위해선 무엇에도 집착해선 안 돼. 주의를 기울일 만큼 중요한 건 아무것도 없어. 주의를 기울인다는 건 판단한다는 뜻이고 판단하는 건 분석하고 비교한다는 뜻이다. 그게 얼마나 무의미한 일인지 알기에 이지는 어느 지점에 이르면 판단을 중지했다. 거리를 두고 논평하거나 희화화했으며 그마저도 곧 잊어버렸다. 내가 그런 말을 했나? 그랬을지도 모르지. 그런데 그게 중요한가?

안나와 이지는 슈콜스카 거리를 걸었고 카페에 들러 차를 마시고 크루아상과 파이를 먹었다. 이지는 네루도바의 호텔에서 열리는 학회에 참여할 거라고 했다. 런던 대학교의

111

의학통계학 교수가 좌장으로 초빙된 자리로 드문 기회였다. 뭐가 드물죠? 안나가 물었다. 글쎄, 담배를 피우지 말라는군. 이지가 담배를 피우며 말했다. 담배와 폐암의 관계를 역학적으로 증명한 과정에 대해 논할 거라네. 런던의 의사는 학회의 제목으로 "관련성인가 인과성인가"를 제시했다. 결과적으로 훨씬 지루한 이름의 학회가 됐지만. 이지가 말했다. 윌리와 만나는 건 내일 저녁쯤이 좋겠군.

이지와 헤어진 안나는 담배를 샀으며 구시가지의 상점에서 옷을 보았다. 옷을 사지 않은 지 오래지만 사고픈 생각은 들지 않았다. 벨벳이 덧대진 스웨이드 재킷을 한참 만지작거리다 걸어두었다. 윌리의 코트도 대부분 낡았다. 그렇게 철저히 관리해도 시간이 지나면 낡기 마련이다. 삶에는 무언가가 계속 더해져야 하는데 우리는 아무것도 더할 게 없다.

그녀는 화약탑 아래를 걸었고 나로드니 거리를 지나 국립극장 앞을 걸었으며 도로 아래로 난 터널을 통과해 골목 안으로 들어갔다. 그곳에는 각종 장식품과 엘피판, 가구 들과 영어 서적을 파는 세컨드 핸드 숍이 있었다. 숍 안에는 오래된 영어 서적뿐 아니라 최근에 나온 영미권의 잡지도 상당수 있었다. 이런 걸 버젓이 팔아도 되나. 그녀는 생각했지만 많은 사람이 서점 안에 있었고 자연스럽게 책을 보거나 구입했다. 어느 영국 패션지 표지에는 베이지색 원피스를 입고 진주 귀고리를 한 금발의 백인 여자가 있었고 내지에는 품이 큰 네이비 재킷을 입은 남자가 말 위에 올라탄 광고

112

사진이 있었다. 유명 정치인이 분명한 남자가 표지를 장식하고 있는 주간지와 죽은 작가의 부고가 메인 기사인 잡지도 있었다. 이건 아무래도 헤밍웨이군. 그의 작품을 읽어보진 못했지만 모르진 않았다. 그녀는 미국 문학을 좋아했지만 좀 더 이른 시기의 작가들을 좋아했다. 특히 그녀가 열정을 품은 작가는 데이먼 러니언 같은 작가로, 흥청망청하고 우스운 모습 가득한 그의 세계는 그녀를 안심시켰다. 젠체하거나 절망, 고독에 휩싸여 있는 남자라면 질색이었고 게다가 그들이 덩치가 크고 우람하다면 더욱 싫어. 그러나 깡마르고 길쭉한 것도 싫어. 풀을 잔뜩 먹인 셔츠에 안경을 끼고 머리를 빗어넘긴 치들도 싫고 툭 튀어나온 이마에 주름진 콧잔등, 코트의 깃을 세우고 노트를 갖고 다니는 인간들도 싫어. 안나는 생각했고—그녀가 싫어하는 것은 모든 것에 가까운 전형들이었고 그럼에도 불구하고 어떻게 멀쩡히 살아갈 수 있는지 모르겠어. 그녀는 자신을 둘러싼 이 나라가 싫었고 그렇다고 이 나라 밖의 어떤 제도나 세계를 좋아하는 것도 아니었다. 절망과 우울에 빠져 낙심한 것도 아니었다. 그저 흥미롭고 안전한 것을 원할 뿐인데 그게 얼마나 찾기 힘든지 말할 수 없어 힘들었고 그런 면에서 윌리에게 강요할 수 있는 건 아무것도 없었다. 우리가 한 발만 더 내밀면 온전한 일상을 향유할 수 있을지도 모르지. 집에 애거사 크리스티와 P. G. 우드하우스의 책을 쌓아놓고 읽는 거야. 물론 윌리는 그들의 소설을 좋아하지 않았다. 미국에 있을 때도 좋아하지 않았고

113

한 번도 펴보지 않았다. 그는 러시아와 독일의 대가들을 섭렵했다. 안나는 그들을 좋아한 적이 없다. 그들의 소설은 등장인물의 성격이나 생각, 배경에 너무 많은 것을 허비했다. 그녀는 주장했다. 그건 작가들의 생각일 뿐이다! 그녀가 읽는 소설들에선 생각이 아니라 등장인물의 행동이 성격을 결정했다. 아니, 애초에 성격이라고 깊이 탐구할 만한 게 있나 싶을 정도였다. 성격 묘사는 겉치레에 불과했다. 중요한 건 그들이 저지르는 일, 내뱉는 말이다. 그것 역시 작가들의 말일 뿐이지만 최소한 이쪽 작가들은 그 사실을 알고 있다. 나는 인간을 이해하는 게 아니야, 나는 그저 이야기를 쓰고 있을 뿐이라구. 하지만 어느 쪽이 됐든 윌리는 이제 소설을 읽지 않는다. 그건 자연스러운 일이었다. 안나는 잡지를 들었고 거기엔 패션과 문학, 가십, 모든 종류의 것이 있었다. 그러나 가격이 무시무시했고 책 한 권에 지불할 수 없는 액수였다. 그녀는 잡지를 한참 보았다. 지금이 아니면 언제 다시 이곳에 오게 될지 몰랐고 자신의 마음을 사로잡은 것을 사지 못하면 스스로의 인생이 망가진 것처럼 느껴질 거라고 생각했고 그런 생각에 깜짝 놀랐다. 단지 외국 잡지를 사느냐 사지 못하느냐에 삶의 무게를 가늠하게 된다는 건 어디서 온 생각일까. 왜 이것이 나의 기분을 좌우한다고 믿는 걸까. 그녀는 잡지를 구입했다. 그리고 쫓기는 사람처럼 서점을 벗어났다. 거리의 사람들이 그녀를 투명인간처럼 취급했다. 속이 메스꺼웠고 구토와 현기증이 일었으며 바닥이 일렁거려 손을 짚지 않으면 서 있을 수 없었다. 이곳을 떠야 해. 그러나 어디로 가지. 그녀는 어디로 향한다는 개념을 이해할 수 없었다. 비틀거리는 안나를 지나가던 중년 여인이 부축했다. 중년 여인의 옆에는 진회색 모자를 쓴 열 살 남짓한 소년이 있었다. 아들이라고 하기엔 너무 어리고 손자라고 하기엔 너무 나이가 많아. 안나는 생각했다. 여인은 안나를 데리고 서점으로 들어갔고 주인에게 물을 한 잔 달라고 했다. 안나는 의자에 앉아 물을 마셨고 여인과 주인에게 고마움을 표했다. 그녀는 방금 자신이 구입한 잡지를 여인에게 주었다. 당신의 호의에 대한 선물이에요. 방금 산 것인데 가진 게 이것밖에 없어요. 여인은 고개를 저었다. 나는 영어도 못 하고 필요도 없습니다. 아이가 호기심에 잡지를 잡으려 했으나 여인은 엄하게 제지했다. 좀 쉬세요. 여인이 말했다. 여인과 아이가 떠나고 난 뒤 안나는 서점 주인에게 잡지를 환불해달라고 말했다. 아무래도 이 책과는 인연이 없는 것 같아요. 주인은 중고책을 되사는 것이라며 안나가 산 가격의 절반을 불렀다.

방금 산 잡지예요.

그렇지만 또 한 번의 손을 탔지요. 주인이 말했다.

방금 여기서 산 잡지잖아요.

그래서 제가 반값에 되사는 겁니다. 당신이 사지 않았으면 제가 다시 살 이유가 없지요.

주인은 꿈쩍도 않고 말했다. 주인이 서 있는 카운터의 벽에는 "만국의 노동자여, 단결하라"라는 표어가 걸려 있었다. 안나는 생각했다. 이 작자가 미친 걸까, 이 나라가 미친 걸까. 아니면 내가 모르는 사이에 어떤 원칙이 생겼나. 안나는 이 원칙이 자유 세계에서 들어온 건지—윌리는 그 세계가 전혀 자유롭지 않다고 말했고—USSR에서 들어온 건지 알 수 없었고 프라하를 야바위꾼들의 도시라고 생각했다. 그러나 안나, 그녀의 이야기를 전해 들은 김강이 말했다, 여기에는 근본적인 차이가 있습니다. 야바위꾼은 당신을 속이지만 서점 주인은 당신을 속이지 않았습니다. 당신이 변심했을 뿐입니다. 자본주의에서는 마음의 변화도 재화가 됩니다. 재화가 될 수 없는 것은 아무것도 없고 주인은 그걸 아는 것뿐이지요.

비자유의 자유에 관해서. 권위주의의 전면화는 일상에서의 자유를 가능하게 했다. 기계적인 관료제는 게으름과 공백의 공간을 열었다. 반면 자유와 선택의 전면화는 일상에서의 억압을 초래했다. 선택이 무제한적이지 않음에도(사실상 선택은 무제한적일 때조차 제한적이다) 우리는 자유를 대가로 매 순간 옳은 선택을 해야 한다. 감시의 눈은 침실이나 욕조, 벽 속에 있는 게 아니라 내면으로 침투했다. 꼭두각시가 되는 것을 두려워하지 마라. 꼭두각시가 되는 순간 너의 주인은 너에게 관심을 잃을 테니. 가장 두려운 것은 내가 나의 주인이 되는 것이다.

정치적 해방은 한편으로 인간을 시민사회의 구성원으로, 이기적인 독립적 개인으로 환원하는 것이며, 다른 한편으로는 인간을 공민으로, 도덕적 인격으로 환원하는 것이다.

현실적이고 개인적인 인간이 추상적 공민을 자기 안으로 환수하고, 자신의 경험적 삶 안에서, 개별적 노동 안에서, 개별적 관계 안에서 개별적인 인간으로 유적 존재가 될 때에야 비로소, 인간이 자신의 "고유한 힘"을 사회적 힘으로 인식하고 조직함으로써 사회적 힘이 더 이상 정치적 힘의 형태 안에서 그 자체로 분리되지 않을 때에야 비로소, 인간 해방이 완성된다.

정동교회에서 강의를 하기 전날 밤, 선우학원은 처음으로 목소리를 들었다. 꿈을 꿨거나 가위에 눌린 거라고 생각했고 아니면 밖에서 나는 소리인가. 거리에는 아무도 없었다. 내가 미쳐가는 건지 아니면 귀신이나 영혼 따위가 나를 놀리는 건지 생각했지만 공포감도 두려움도 들지 않았다. 목소리는 자연스러웠고 친근했다. 그런데 무슨 말인지 알아들을 수 없었다.

선우학원은 혁명 이후 서울에 왔고 어느새 2년이 지났다. 짧은 사이 쿠데타가 있었지만 그의 삶에 큰 영향을 미치진 않았다. 그는 연세대학교 철학과에 출강하며 남는 시간에는 수십 년 만에 연락이 닿은 동창들을 만났다. 정부는 언론과 외교 관련 일들을 청탁했다. 그는 할 수 있는 일과 할 수 없는 일을 구분해서 받았다. 나중에야 거의 모든 게 할 수 없는 일이었음을 깨달았다. 내가 한 일은 내가 한 게 아니라 선우학원이라는 껍데기가 한 것이다. 그러나 지금 이 나라가 원하는 게 바로 그 껍데기 아니겠소. 양학만 씨가 말했고 그는 선우학원의 유일한 지인이었다. 와세다 대학교를 나왔고 도쿄와 서울을 오가며 광산 관련 일을 한다는데 정확히 무슨 일을 하는지 알 수 없었다. 선우학원은 남대문 근처의 신식 아파트에 살았고 한겨울에도 냉면을 먹었다. 때때로 정일형 장관과 강서면옥에서 만나 냉면을 먹었고 자식 교육에 대한 이야기를 나눴다. 미국의 대학을 나와야 하는데, 미국에 있는 대학이면 어디든 괜찮지요. 선우학원은 미국에는

119

아직 냉면이 없다고 했다. 사실 그는 어릴 때도 이런 냉면을 먹어보지 못했다. 평양 출신인데도 말이다. 그러니 고향의 맛이고 뭐고 하는 건 말짱 헛소리예요. 그는 종종 평양을 생각했지만 정 장관은 그런 건 생각하지도 말하지도 말라고 했다. 선우학원이 정동교회에서 한 연속 강연의 제목은 "변증법유물론과 기독교유심론"이었고 강연이 끝나자 젊은 목사들이 떼로 몰려와 공산주의에 대한 교육을 요청했다. 그는 아현동의 언덕에 있는 교회에서 강연을 했고 처음으로 자신의 수업을 귀 기울여 듣는 학생들을 만난 것 같았다. 그들은 손을 들고 소리쳤다. 개인숭배가 존재한다고 생각하십니까! 생산 수단의 국유화는 필연적입니까! 프롤레타리아 일당독재는 어떻게 가능합니까! 강연은 한 달을 못 채우고 중단되었다. 젊은 목사들은 종적을 찾을 수 없었고—선우학원은 그들의 이름을 기억 못 했고 학교에서는 철학과가 아닌 다른 과에서 강의할 일은 앞으로 없을 거라는 통보를 받았다. 이유야 뻔한 거 아니겠소. 동료 교수가 말했다.

어느 밤 다시 목소리가 들렸다. 벌떡 일어나 주변을 둘러봤지만 아무도 없었고 어스름한 달빛이 벽에 반사되고 있었다. 그는 떨리는 손으로 문을 열고 거실로 나갔다. 벽에 그림자가 드리워 있었고 무엇의 그림자인지 알 수 없었다. 초록색과 주황색이 섞인 은은한 빛이었다. 그는 발코니로 나가 남산을 보았다. 검은 잠수함이 산등성이를 타고 천천히 내려오는 것 같았다. 축축한 바람이 소매를 파고들었다. 그는 샌프란시스코에 있는 소니아에게 전화를 걸어 미국에 돌아가고 싶다고 말했다. 소니아의 목소리는 잘 들리지 않았다. 해가 강하게 내리쬐는 캘리포니아의 아스팔트가 휙 하고 눈앞을 스치고 지났고 현기증이 몰려왔다. 선우학원은 울먹이며 소리쳤다. 자신의 목소리가 전화선을 타고 되돌아왔다. 샌프란시스코는 대낮이었다. 소니아는 선우학원의 몽유병 증세가 도진 건 아닐까 걱정했다. 미국을 떠나기 전 선우학원은 동료들을 배신했고 파산했으며 양쪽 어금니를 잃어버렸다. 부끄러운 건 아무것도 없어. 선우학원은 생각했다. 수치스러울 뿐이고 그건 내 안이 아니라 밖에서 오는 거야. 김강, 이경선, 전경준, 정웰링턴. 동료들은 종교를 버렸지만 선우학원은 자신이 여전히 기독교 안에, 신의 품 안에 있다고 믿었다. 그 신은 전과 다른 것이지만 여전히 존재했다. 어쩌면 그들과 나의 차이는 여기에서 오는 건지도 모른다. 선우학원은 윌리와 헬레나에게 편지를 썼고 서울에서의 일상과 혁명과 쿠데타에 대한 생각을 썼다. 옳고 그름을 따지는 건 어리석다. 그러나 명동 거리에서 친일파들의 낯짝을 보는 일은 대단히 역겹다. 거울을 볼 때면 스스로에게 큰 문제가 있는 것처럼 보인다. 내 얼굴이 낯설고 제일 낯선 건 손과 입의 움직임이다. 선우학원은 다른 사람이 음식을 씹는 것처럼, 턱이 나의 의지와 다르게 움직이거나 몸 밖에서 움직인다고 생각했다. 서울에 있는 게 다른 어떤 도시에 있는 것보다 어색해. 파리에서 만난 이용준 형은 파리에서 죽었다. 그는 천

121

재적인 성악가였고 살이 찐 얼굴은 창백하고 희미해서 국적을 알기 힘들었어. 형은 거의 혼자 지냈고 잠시 어울리는 여자들은 있었지만 아무도 그의 편이 되어주지 않았다. 술집에 갈 때마다 노래로 술값을 대신했고 오페라 극장 3층 발코니에 죽치고 앉아 악보를 연구했지만 별 소득이 없었다. 서울로 돌아오고 싶어 했지만 매독에 걸려 돌아올 수 없었고 얼마 후 스스로 목숨을 끊었다. 이 얘기를 했는지 모르겠다. 학생들에게 파리와 프라하에서 본 세계평화대회와 메이데이의 풍경을 이야기했는지 모르겠다. 동무여, 동무여, 동무여, 혁명의 정신을 영원히 가지고 동무여, 동무여, 사회주의 건설을 위해서 조국을 위해서, 우리는 투쟁을 계속하리. 푸른 정장을 입은 젊은이 무리가 노래를 불렀고 아코디언 반주가 뒤를 따른다. 거리에는 고트발트와 스탈린, 모택동과 디미트로프, 김일성의 초상화가 걸려 있다. 나는 살아남아 서울로 돌아왔지만 여기는 내가 살던 도시가 아니야. 선우학원은 밤마다 소니아에게 전화를 걸어 소리쳤다. 이곳에 오지 말라고, 아무도 여기 오면 안 된다고 소리 질렀고 국제전화비로 거금을 탕진했지만 아랑곳하지 않았다. 돈이 필요하다는 양 씨에게 거금을 선뜻 줬으며 양 씨의 자식들 대학 등록금도 내줬고 그들이 운영하는 식당의 자금도 댔다. 양 씨가 돈을 받고 난 뒤 저와 그들 가족은 소원해졌습니다. 이것이 혁명과 쿠데타가 일어난 나라의 일상입니다. 나는 사회주의 혁명과 자본주의 혁명을 모두 경험했습니다. 선우학원은 생각했다. 이제 충분해. 나는 누구의 장단점을 지적하고 싶지도 않고 그럴 필요성도 느끼지 않는다. 죽지 않을 정도로 먹으며 아이들이 커가는 모습을 보기만 하면 된다. 윌리의 소식을 듣고 싶다. 율리우스가 감옥에서 나오길 바란다.

OSS는 내가 죽을 확률이 90퍼센트라고 했지만 나는 믿지 않았다. 나는 내가 죽을 확률이 없다는 것을 알았다. 나는 과거에도 확률을 믿지 않았고 지금도 믿지 않으며 앞으로도 믿지 않을 것이다. 만일 내가 죽었다면 그것은 백 퍼센트다, 그러나 내가 살아 있다면 0퍼센트고 우리는 어리석은 자본주의의 게임에 휩쓸리지 않을 것이다.

김강은 1945년 1월 OSS에 자원해 산타카탈리나섬의 캠프에 상륙했을 때에도 죽음이 두렵지 않았다고 말했다. 잠수함을 타고 한반도로 침투할 것입니다. 그와 동료들은 코드명을 부여받았고 하루 열여섯 시간씩 훈련했다. 황해도 진남포에 상륙해 대동강을 타고 평양으로 들어간다. 정보원을 만나 거점을 만들고 요원들을 포섭한 후 암살 및 테러 작전을 시행한다. 미군 대령 아이플러가 말했지만 OSS의 계획이 어떻든 김강은 자신만의 계획이 있었다. 『혁명방략대요』를 쓴 사람은 이경선이 아니라 자신이었고—또는 자신이라고 믿었고 아직도 그 구절구절이 머릿속에 있었다. 독립과 사회주의 혁명은 동시에 실현되어야 한다. 그와 함께 캠프에 들어온 변준호는 혁명을 도모하기엔 때가 이르다고 했지만 김강은 로자 룩셈부르크의 말을 되새겼다. 혁명의 객관적 조건을 기다리는 사람은 영원히 기다리기만 할 것이다. 역사의 허락은 존재하지 않는다. 우리가 곧 역사이기 때문이다.

김강과 스물한 살의 정웰링턴은 휘티어에서 만났고 LA 카운티의 항구에서 보트를 타고 산타카탈리나로 향했다. LA

에서 한 시간 떨어진 산타카탈리나섬은 전쟁 중에는 군사 훈련 기지로 사용됐지만 지금은 배부른 백인들이 가끔 들르는 휴양지였다. 개발은 진행되지 않았고 사람들이 살지 않으며 높고 가파른 산에는 사냥거리가 풍부했다. 별장 사이의 해변에는 낚시나 요트, 서핑에 빠진 이들이 자리를 잡고 시간을 보냈다.

김강은 동료들과 직접 만든 소형 잠수정을 타고 샌프란시스코의 미군 기지에 침투하는 작전을 펼쳤다고 윌리에게 말했다. 물론 그것은 아군을 대상으로 하는 훈련에 불과했지만 미군은 훈련의 존재를 몰랐다. 그러니 실전과 다를 바 없어. OSS는 훈련 중 사망해도 책임이 없다고 했고 우리는 모두 각서를 썼다. 한반도에 침투해도 살아남을 가능성은 희박하지. 작전을 수행하는 이유는 살아남기 위해서가 아니라 죽음을 통제하기 위해서야. 그 둘은 같지 않다. 김강은 다가올 미래에는 미국이 자신들의 적이 되리라는 것을 알았다고 했다. 파시스트와의 싸움은 전쟁의 서막에 불과하다. 앞으로 더 큰 전쟁이 따를 것이다.

산타카탈리나의 캠프 옆에는 작은 규모의 종려나무 숲이 있었다. 김강과 윌리는 숲으로 걸어갔고 긴 부리를 가진 새들이 그들 위를 지나 협곡 안으로 들어갔다. 김강은 전쟁이 끝난 뒤에도 생각을 정리하기 위해 종종 이곳으로 왔다고 했다. 이곳에 왜 종려나무 숲이 있는지 모르겠어. 종려나무는 따뜻한 곳에서 자라지만 캘리포니아의 기후에는 맞지 않는다. 종려나무는 신의 나무고 중동의 혹독한 사막에서 자라지, 이런 안락한 섬은 사치야. 산타카탈리나는 전쟁 당시의 기운을 잃어버렸다. 섬에 틀어박혀 훈련을 받을 때는 밤만 되면 전운이 몰려오는 것 같은 검은 먹구름이 섬 주변을 뒤덮었다. 변준호는 이곳에서 "제3차 세계전쟁이 난다면"이라는 제목의 원고를 썼다. 아직 2차 대전이 끝나지 않았는데도 말이다. 김강이 말했고 변준호의 글은 1946년 9월 11일 『독립』의 사설로 실렸다. 미래를 내다본 글이라고 윌리는 생각했다. LA에 머무르며 UCLA 의과대학 입학을 준비 중일 때 변준호의 글을 읽었고 단순히 의사가 되는 것 이상의 무언가가 필요하다고 생각했다.

김강은 독실한 기독교 신자이자 추잉껌 회사를 소유한 어떤 부자가 모종의 이유로 산타카탈리나에 종려나무 숲을 만들었다고 말했다. 그리고 2차 대전 기간 동안 죽어버린 게 분명해. 숲은 잊혀지고 무성해졌다.

부자들은 죽지 않아요.

윌리가 말했다.

아들이 죽은 걸지도 모르지. 그래서 숲을 만들어 아들의 넋을 위로하는 거야.

김강이 말했다. 앞뒤가 맞지 않았지만 윌리는 모든 게 그럴싸하다고 생각했다. 아마도 기후 탓일 것이다. 산타카탈리나에선 LA와 다른 종류의 바람이 불었고 그건 하와이를 떠올리게 했다. 섬은 험준한 산으로 양분되어 있었고 옅은 초록빛 바다에선 쉬지 않고 파도가 밀려왔다.

김강은 윌리에게 편지를 맡겼다. 김강, 현앨리스, 변준호, 이경선이 함께 서명한 편지로 수신인은 김일성이었고 내용은 종전 후 재미 한인들의 정세와 조선당원의 활동에 대한 것이었다. 프라하의 한홍수를 통해 북한으로 보낼 계획이었고 프라하까지의 운반책이 윌리였다.

김강은 지금이 가장 중요한 시기라고 했다. 지금 바른 선택을 내리지 않으면 그 여파가 수백 년은 갈 거라고, 우리에게 민족의 명운이 걸려 있다고 말했다. 가까이에는 이승만 정권의 타도라는 목표가 있고 멀리에는 미 제국주의 타도가 있다. 김강의 이야기는 멈추지 않는 조류처럼 한번 흐름을 타면 지평선 너머까지 나아갔고 그것이 원대한 꿈인지 망상인지 구분하기 이전에 정신이 아득해졌다. 그의 사고 안에서 모든 혁명은 연결되어 있었고 필연적이었으며 그것 말고 가치 있는 일은 존재하지 않았다. 그 외의 것들도 물론 좋지. 그는 운동을 좋아했고 한때 기독교 문학을 열심히 읽기도 했으며 지금도 LA 카운티 경기장에서 권투 시합이 열리면 빼놓지 않고 봤다. 그러나 생각할수록 일상은 무가치하다. 일상의 행복이야말로 자본주의가 우리를 길들이는 방식이다. 일상이란 잔물결과 같아서 거대한 조류가 몰려오면 휩쓸려 사라지기 마련이다. 김강의 연설은 길고 같은 말의 반복이었지만 윌리는 지겹지 않았다. 같은 말 위로 같은 말이 올라타며 점점 높은 파고를 이루었고 태평양의 바람은 종려나

127

무 잎들을 거세게 흔들었다. 그러니 자신이 갈 길 또한 정해져 있는 바였다. 하와이 노예 출신의 동양인 이민자 의사로 미국인들의 병간호나 하면서 살 건지, 차별과 국경이 존재하지 않는 인터내셔널의 일원이 되어 새로운 종을 탄생시킬 연구에 매진할 것인지 선택하라. 윌리는 갓 스물을 넘겼다. 열여덟에 외항선을 타고 유럽과 아시아를 일주했고 UCLA 의예과에서 벙어리 취급을 받으며 차별과 싸우고 있었다. 모든 것은 선명했다. 제정신이라면 뒤를 돌아볼 이유가 없다. 이곳을 떠나 저곳으로 갈 수 있다면 무엇이든 할 것이다.

월리의 편지가 북한에 잘 전달되었는지 아무도 모른다. 누구도 답장을 받지 못했다. 김강과 동료들은 김일성과 박헌영에게 편지를 몇 차례 더 썼지만 그것 역시 제대로 들어갔는지 모르고 그중 하나는 FBI의 손에 들어가 청문회에서 재미 공산주의자들을 추궁하는 증거 자료로 쓰였다. FBI의 정보원으로 미국 공산당 내에서 활동한 아니타 슈나이더는 정웰링턴의 외삼촌인 현피터와 현데이비드 모두 공산주의자이며 마오쩌둥으로부터 직접 교육받은 독재자의 제1요원이라고 증언했다.

김강은 1950년 6월 미국 이민귀화국에 의해 최초로 체포되었고 1955년 비미활동조사위원회 로스앤젤레스 청문회에 소환됐다. 그는 매캐런-월터법의 신체 박해 조항을 근거로 추방에 반대했고 수정헌법 제1조와 제5조를 근거로 증언을 거부했다. 현데이비드는 1950년 10월 매캐런법에 의해 영장 없이 체포되었고 터미널 아일랜드에 6개월 동안 구금되었다. 1956년 12월 6일 비미활동조사위원회 로스앤젤레스 청문회에 소환되었고 김강과 동일한 조항에 의거해 답변을 거부했다. 현피터는 1956년 12월 8일 동일한 청문회에 소환되었으며 역시 동일한 조항에 의거, 자신에게 불리한 증언을 거부할 권리를 주장하며 답변을 거부했다. 선우학원은 1954년 시애틀 청문회에 소환됐고 다음과 같이 증언했다. 나는 공산주의자였으나 체코에서 공산주의의 실상을 봤으며 그에 대한 희망을 버렸다. 나의 옛 동지들에게 분명히

129

알리고 싶은 것은 내가 변한 것은 다름이 아니고 내가 동경했던 사회주의 사회에 대한 실망인 것뿐이다. 무엇인가 잘못됐다. 그들이 믿는 사상과 실천에는 모순이 있다. 사회주의나 자본주의나 모순이 주동력이 되면 생명이 길 수 없다. 이것을 배신이라고는 할 수 없다. 배신이라고 생각해도 할 수 없다. 그를 심문한 이민귀화국 관리는 당신들 모두 반역자이므로 사형될 것이라고 말했다. 사형감이다. 미국은 전쟁을 하고 있고 전시에 스파이는 사형이다. 선우학원은 몇 번이나 같은 말을 반복해서 들었다. 너는 사형감이다. 그가 두려운 것은 죽음이 아니라 무엇을 위한 사형인가, 라는 의문이었다. 이미 남한과 북한에서 많은 동료가 사형됐다. 이 죽음은 무엇인가. 무엇을 의미하는가.

선우학원은 잠의 혼돈, 꿈의 영광과 몰락 속에서 불현듯 목소리가 노래를 부르고 있다는 사실을 알았다. 동무여, 동무여. 그것은 혁명가의 일부였고 돌림노래처럼 같은 부분이 반복되었다. 한 번도 혁명가를 불러본 적 없는 사람의 목소리처럼 들렸고 왜 이 노래를 부르고 있는지 물어야겠다고 생각했지만 목소리가 나오지 않았다. 거대하지만 부드럽고 따뜻한 물살처럼 잠이 그의 몸을 덮었다. 그는 아리아풍의 혁명가를 들으며 서서히 꿈속으로 빠져들었다.

윌리는 일기에 삶의 내역을 정리했다. 사건들의 대차대조표. 1948년 산타카탈리나섬에서 김강은 자신에게 편지를 맡겼다. 1962년 프라하에서 루다는 김강과 파니아 굴위치를 사찰할 것을 지시했다.

나는 삶에도 마르크스주의에도 빚지지 않았다. 하와이의 한인 사회에도 상하이의 독립운동가들에도 부채가 없고 어떤 이념과 철학에도 빚지지 않았다. 반면 그들은 내게 많은 빚을 졌다. 우리 가족에게도 빚을 졌고 친구들에게도 빚을 졌다. 나는 어떤 것도 돌려받지 않을 것이다. 윌리는 해야 할 일이 무엇인지 알고 있었다. 세계와 사람들은 혼란스럽다. 나는 가까운 시일 내에 죽을 것이고 사람들이 이를 자살이라고 부른다는 사실을 알고 있다. 그러나 그것은 단어에 불과하고 나의 선택은 단어가 아니다. 그것은 언어와 숫자, 개념 따위로 수렴되지 않는 것이다.

언제 셋째 시기가 종결되고 넷째 시기(어쨌든 벌써 많은 징후들이 이 시기를 예언하고 있다)가 시작될지 우리는 알지 못한다. 우리는 역사의 영역으로부터 여기 현재의 영역으로, 부분적으로는 미래의 영역으로 옮겨 가고 있다. 하지만 우리는 넷째 시기가 전투적 맑스주의를 공고히 할 것임을, 러시아사회민주주의당이 강건해지고 성인이 되어 위기로부터 벗어날 것임을, 기회주의자들의 후위를 "대체하여" 가장 혁명적인 계급의 진정한 전위 부대가 나서게 될 것임을 굳게 믿고 있다.

이러한 "대체"를 촉구하는 의미에서, 그리고 앞서 서술한 것들을 총괄하며, "무엇을 할 것인가?"라는 물음에 대해 우리는 다음과 같은 짧막한 답변을 할 수 있을 것이다.

셋째 시기를 청산하라.

미래를 전망함

이 소설은 보지 못한 것에 대한 증언이다. 남아 있는 자료는 아주 적고 그마저도 건조하고 불투명하다. 나는 가능한 한 가까운 거리의 자료를 토대로 정웰링턴의 삶과 감정, 생각에 대해 상상했고 이야기를 덧붙였다. 나는 무엇도 추리하지 않았다. 진실을 밝히거나 진실에 다가가려고 노력하지 않았다. 진실이 중요하지 않기 때문이 아니라 이미 밝혀진 진실 속에서 그들은 역사의 희생자이기 때문이다. 그들은 남한과 북한, 미국, 체코 모두에 버림받고 이용당했다. 뛰어난 연구자들은 오랜 자료 수집과 조사를 통해 누명을 벗기고 오류를 정정했다. 그러므로 내가 만든 이야기는 역사를 밝히고 억울함을 호소하는 종류의 것이 아니다. 희생자, 죽은 자의 넋을 위로하기 위해 쓰인 것이라고도 할 수 없다. 나는 그것이 어떻게 이루어지는지 모르며 나에게 그럴 자격이 있다고 생각하지 않는다. 그들의 속내를 짐작하거나 그들이 되어보려고 노력하지도 않았다. 감동이나 슬픔 등의 카타르시스는 경계의 대상이었고 소설 속에 나오는 인물들의 말과 생각은 흩어져 있는 자료와 이미지, 텍스트가 나와 나의 경계를 경유해서 씌어진 것이다. 그와 그의 친구, 가족들에 대한 짧은 이야기를 쓰기로 결심했을 때 원했던 것은 그들을 생각하는 것이었고 그들을 통해 생각하는 것이었다.

　추상적이고 다소 감상적으로 들릴 수 있는 이러한 방식

은 구체적으로 어떻게 이루어지는 것일까. 나는 정병준이 쓴 역사서 『현앨리스와 그의 시대』를 통해 정웰링턴을 알게 됐다. 책에서 정웰링턴을 다룬 부분은 아주 적다. 『현앨리스와 그의 시대』는 독립운동가이자 공산주의자 현앨리스를 위한 책이다. 그녀는 박헌영을 죽음에 이르게 한 미제의 간첩으로 오해받았고 잘못된 경로의 야사는 그녀를 좌와 우 모두를 농락한 마타 하리로 포장했다. 그녀가 한국의 좌파와 우파 모두에게 미움받은 것은 사실이다. 그녀 가족 모두 그랬고 역사의 바깥에 고립됐지만 그녀의 아들인 정웰링턴은 더 불운했다. 다른 현씨 가족들에겐 저항해야 할 대상이 있었고 독립운동에 참여하는 과정에서 고통과 기쁨을 함께했다. 그들에겐 투쟁으로서의 삶이 존재했다. 반면 정웰링턴은 혼자였고 독립을 추구해야 할 고국이 없었다. 그는 투철한 공산주의자였지만 북한은 그가 미국인이라는 사실 때문에 입국을 거부했다. 체코와 북한 모두에 거절당한 그는 미국으로 돌아가길 원했지만 이미 늦은 뒤였다.

책을 접한 2015년 봄 이후 정웰링턴의 이미지를 지울 수 없었다. 사진 속의 정웰링턴은 크고 슬픈 눈을 가진 청년이었고 그의 슬픔은 다소 신경질적이고 예민하며 어두운 느낌이었다. 미남이지만 아름답기보다 불운해 보였는데 그의 삶에 대한 선입견 때문인지는 모르겠다. 그의 불운이 나를 매혹한 건 아니었다. 나는 언제나 아무것도 하지 못한 사람들에게 매혹당했다. 관점에 따라 그것을 무능이라고 말할 수 있을지도 모른다. 그러나 능력이야말로 가장 과대평가된 덕목이다. 능력은 사람의 안에서 나오는 게 아니라 안과 밖의 상호작용으로 구성되며 결국에는 그의 밖에 자리한다. 그런 의미에서 아무것도 하지 못한 사람들은 능력이 없는 것이 아니라 부정의 능력을 가지고 있다. 유능함이 자신을 증명하는 종류의 능력이라면 불능은 세계를 증명하는 능력이다. 정웰링턴의 불능은 그가 가진 가장 적나라한 능력이었다. 거의 남아 있지 않은 기록과 목소리, 망각으로서 그렇다.

나는 헤프로 가는 기차를 타고 있었다. 프라하의 빌소노 보역에서 기차를 탔고 헤프까지 두 시간 반이 걸린다고 했다. 헤프로 가는 이유는 간단했다. 정웰링턴이 살았던 도시, 그리고 죽은 도시를 만나기 위해서다. 프라하에서의 일정도 정웰링턴의 삶을 중심으로 짜였다. 그러나 이 여행을 취재를 위한 것이라고 하기엔 문제가 있었다. 나는 아무것도 준비하지 않았고 무엇을 봐야 하는지에 대한 계획도 없었다. 마음속으로는 보지 않았으면 했다. 내게 필요한 것은 아주 조금의 힌트였다. 도시와 국가에 대한, 장소에 대한 힌트. 아니면 결심하는 과정으로서의 행위가 필요했는지도 모른다. 다시 말해 소설을 쓰기 위해 그곳에 간다,라는 행위 그 자체.

샹탈 애커만의 1993년 작 「동쪽」은 냉전 종식 이후 동유럽과 러시아의 풍경을 담은 다큐멘터리다. 애커만은 「동

136

쪽」에 대한 노트에서 "아직 시간이 있을 때" 사회주의 국가의 풍경, 얼굴과 거리 들, 기차역과 들판, 공장, 바람과 비, 눈과 봄기운 등을 담고 싶었다고 말했다. "아직 시간이 있을 때"라는 말은 그녀의 시간이나 영화 제작 여건 등을 뜻하는 게 아니다. 그녀가 말하는 시간은 역사의 시간이다. 그리고 이러한 역사의 시간은 순차적이거나 진보적인, 인과적이거나 선형적인 시간을 뜻하지 않는다. 그것은 기다림의 시간이며 오지 않지만 남아 있고 그러나 사라질 것을 예감하는 시간이다(사라진다는 의미와는 다르다). 그녀는 사회주의 시절, 그리고 페레스트로이카가 시작된 직후 모스크바와의 전화 통화를 상기한다. 모스크바에 전화를 걸면 교환수가 받는다. 그들은 기다리라고 말한다. 통화가 언제 연결될지는 아무도 모른다. 한 시간 두 시간 세 시간 때론 바로 전화가 연결되기도 하고 영원히 연결되지 않기도 한다. 샹탈 애커만은 이렇게 쓴다. "하지만 사람들은 늘 기다리고 있기 때문에, 그리고 더 어려운 시간도 버텼기 때문에, 재난이 지금 발생하고 있음을 알아채지 못한다. 아마도 이 때문에 내가 '늦기 전'이라고 말했을 것이다. 지금 당장 그들이 공식적으로 재난을 선포한다 해도 늦지는 않을 게다."

　나에게 동유럽은 미지의 곳이자 낭만화된 혁명과 사회주의의 공간이었다. 여행 가고 싶은 나라가 어디냐고 묻는 질문에 이십대의 나는 항상 동유럽이라고 말했다. 지리적으로 어디서부터 어디까지를 경계로 삼는지, 체코슬로바키아가 언제 체코와 슬로바키아로 나뉘었고 크로아티아의 독립과 유고슬라비아의 분열이 어떻게 이루어졌는지, 사라예보가 나라 이름인지 도시 이름인지도 헷갈릴 무렵이었다. 사람들은 의아해했다. 파리나 런던이 아니고? 젊은 예술가의 도시 베를린이나 자아를 찾아 떠나는 산티아고 순례길이 아니고? 홀로코스트의 흔적을 보고 싶은 거야? 나는 그중 어느 것에도 속하지 않았고 그건 내가 여행이나 기행, 자아나 역사를 찾아 외국을 방문하는 행위를 경멸했기 때문인지도 모른다('자아'와 '역사'는 본질적으로 같은 것이다). 그러나 동유럽에는 가고 싶었다. 샹탈 애커만의 글도 이렇게 시작한다. "아직 시간이 있을 때, 동유럽으로 긴 여행을 떠나고 싶다." 그러나 내가 동유럽에 대한 낭만을 키워갈 무렵에는 더이상 그 "시간"이 존재하지 않았다. 애커만이 말한 시간에는 현실 사회주의가 붕괴하고 자본주의의 물결이 휩쓸기 이전의 공간을 뜻하는 의도가 있다. 프랜차이즈의 간판, 자동차, 옷차림과 기업 문화와 신자유주의적 정책이 도시와 사람들의 얼굴 위로 내려앉기 이전의 공간. 동유럽의 풍경을 만난 것은 대부분 영화와 사진 속 이미지였고 그것은 1960년대에서 1990년대 사이에 기록된 것이었다. 미디어를 통해서 그 이미지들을 보던 2000년대에는 무엇도 남아 있지 않았다. 프라하는 사회주의를 한때의 악몽, 일종의 버그처럼 생각했고 20세기를 괄호 친 모습으로 사람들에게 자신을 어필한다. 붉은 지붕과 로마네스크 양식의 궁전, 아름다운 다리와 고딕풍 교회, 첨탑이 가득하고 블타바강이 흐르는 동화 속의 도시. 친구는 한국 관광객이 가장 좋아하는 여행지가 프라하라고 말했다. 처음 듣는 이야기였다. 동유럽은 브루탈리즘 스타일의 건물이 가득한 회색빛 도시 아니야? 천만에. 나는 역사의 일부, 그것도 모두가 망각하길 원하는 일부만 우연히 섭취한 멜랑콜리하고 나이브한 작가에 불과했다. 그런 걸 원하는 사람은 아무도 없어.

　정웰링턴은 1948년 10월 16일 파리에 도착했다. 여권 번호는 27155번이었다. 워싱턴에서 한 달 전에 발급받은 것으로 그가 미국인임을 증명하는 유일한 서류였다. 그는 파리에서 뉘른베르크를 거쳐 독일 국경에 닿아 있는 체코의 도시 헤프에 도착했다. 헤프의 학생 기숙사에 세 달간 머문 뒤 프라하로 향했고 그곳에서 대학을 다녔다. 그리고 13년 뒤 다시 헤프로 돌아왔다. 체코에서 그의 삶은 헤프에서 시작했고 헤프에서 끝났다. 이러한 궤적에 그가 의도한 것은 아무것도 없었을 것이다. 헤프는 2차 대전 전까지 대부분의 주민이 독일어를 사용하던 곳으로 지금도 다수의 주민이 독일어를 쓴다. 독일인들은 종전 이후 추방당했지만 환율이 더 싼 헤프로 종종 쇼핑을 온다고 했다. 정웰링턴은 체코에 대해 얼마나 알고 있었을까. 파리에 머문 며칠간의 행적과 프라하로 향한 구체적인 경로는 지금으로서는 알 방법이 없다. 나는 빌소노보역에서, 헤프로 가는 기차 안에서 정웰링턴의 의식 속으로 들어가려고 했지만 거의 아무것도 이루어지지 않았다. 플랫폼은 현대화됐고 기차는 고속 열차로 바뀌었으며 풍경은 지나치게 빠르게 흘러갔다. 정웰링턴이 도착한 10월 중순이면 코트를 입을 날씨다. 내가 헤프로 향한 날은 10월 초였지만 기온은 10도 아래로 떨어졌고 우박에 가까운 비가 유리창을 때렸다. 중절모를 쓰고 정장을 입은 정웰링턴은 기관차의 연기가 자욱하게 퍼지는 플랫폼에 앉아 있었을지도 모른다. 영화와 문학에서 자주 그리는 모습으로, 두려움과 호기심, 기대와 공포가 섞인 복잡한 심경으로 막 공산화된 도시의 플랫폼과 열차의 신호, 사람들의 가방과 생경한 언어, 손에서 손으로 건네지는 코루나를 바라보고 있었을지도 모른다. 그는 체코어를 한마디도 못 했고 아무 말도 알아듣지 못했을 것이다. 책을 좋아했으니 레닌이나 공산주의에 관한 저작을 읽고 있었을지도 모른다. 공산주의 국가에선 어떤 직업을 갖더라도 공산주의 사상에 대한 시험을 통과해야 하니까. 마르크스 레닌주의 원리 시험 첫번째 문항은 다음과 같다. 변증법적 유물론에 대해 설명하시오.

1963년 정웰링턴의 자살을 조사하기 위해 체코를 방문한 미국 공산당 남가주 지구 위원장 도로시 힐레이는 그를 젊은 전투적 진보주의자로 지칭한다. 그리고 덧붙인다. 정웰링턴은 공산주의와 의학에 열정을 품고 체코로 이주했다. 계획은 뜻대로 풀리지 않았다. 그는 미국으로 돌아오길 원했다. 그의 죽음을 제대로 설명하지 않으면 더 많은 공산주의자들이 사라질 것이다. 당시 미국의 급진적 공산주의자들에게 체코는 희망의 관문이었지만 그렇다고 해서 미국에서 나고 자란 사람에게 쉬운 선택지는 아니었다. 정웰링턴은 UCLA 의예과 학생이었고 무난히 중산층의 삶을 영위할 수 있었다. 공산주의자로 살 수도 있었고 히피들 틈에 섞여 반전 시위에 참여할 수도 있었다. 그러나 그는 미국을 떠났다. 모르는 언어를 선택했고 정치적인 이유로 생활의 토대를 버렸다. 북한으로 가기 위해, 공산주의의 이상이 실현된 모습을 보기 위해서. 내가 이러한 망명과 이주의 감각을 이해할 수 있을까. 지금 있는 곳에 만족한다는 의미가 아닌, 여기보다 나은 곳이 있다고 믿는 희망은 어떻게 가능한 것일까. 그것은 거대한 픽션이고 우리는 이러한 픽션을 피할 수도 받아들일 수도 없다. 2000년 송환된 비전향장기수 김석형은 해방정국에서 월북하는 사람들은 대부분 지식인, 예술인이었고 월남하는 사람들은 장사꾼들이었다고 말했다. 백남운이 왜 유명한가 하면, 홍명희 선생이랑 막 책을 추럭으로 실어 가지고 들어왔습니다. 북에서 그마만치, 귀중한 서적들을 가져와야 된다, 백남운은 교육상 하고, 홍명희는 부수상까지 하고. 많이 넘어왔지요. 해방 이후 북한을 택한 작가들의 존재는 월북이 필연적인 선택이었음을 역설한다. 식민지 시절 최고의 문장가이자 단편소설가였던 이태준은 카프나 공산주의자들과 교류하지 않는 문학주의자였다. 그는 1943년 철원의 안협에 칩거해 낚시와 독서를 하며 소일했지만 해방 후에는 남로당에 가입하고 북한으로 향했다. 최인훈은 『화두』에서 이태준의 선택을 공산주의와 북한이 아닌 일종의 도피이자 망명으로 해석한다. 쉽게 말해 이태준은 친일 관료들이 한자리 해먹는 남한을 참아줄 수 없었다는 것이다. 그러나 견딜 수 없음, 견디는 것에 대한 거부야말로 혁명의 가장 근원적인 심리 아닐까. 이태준은 1947년 출간한 『소련기행』에서 이렇게 쓴다. 1) 작가들은 창조적 노력으로 사회주의적 건설에 협력하자. 3) 문사의 창작은 개인적인 것이나 작품은 사회주의적 소유임을 본의로 한다.

　젊은 맑시스트가 프라하로 온다고 했을 때 제일 먼저 떠오른 건 왜,라는 질문이었다. 맑시스트는 늘 그렇듯 예의 바르지만 단호하게 말했다. 제가 프라하로 갈게요. 그녀는 베를린에 살고 있었고 자유대학에서 박사과정을 밟을 예정이었다. 하지만 정말 그래야 할까요? 그녀는 인스타그램 DM으로 가끔 고민을 전했고 나는 해줄 말이 없었다. 그래야 한다면 그래야죠. 그렇지만 그래야 하지 않을 수 있다면 그러지 않는 거고 세상에 꼭 그래야 하는 일은 없는 것 같아요. 우리는 어정쩡한 대화를 나눴고 그녀는 내가 하는 말이 과연 문학적이라고 했다. 비꼬는 투가 역력했지만 말이다.

　짚고 넘어가야 할 것은 그녀가 젊은 맑시스트라는 사실이다. 막스? 마르크스? 그녀는 마르크스를 막스라고 하는 사람들을 경멸했다. 상식이…… 없네요. 그러거나 말거나 2020년에 남한에서 젊다와 맑시즘이 결합해도 되는지 의문이었다.
왜요? 국보법 때문에요? ……그게 아직도 있어요?

그녀는 소비에트연방이 해체된 1991년(본인의 표현이
다) 독일에서 태어났고 국적은 남한, 동양의 모스크바 대구
에서 중학교를 나왔고 펜실베이니아에 잠깐 살았으며 한예
종에서 영화를 전공하고 서울대에서 독문학으로 석사학위
를 받았다. 마르크스 때문에 독문학을 전공했어요. 사회학
이 아니고? 내가 반문하자 그녀는 후회 중이라고 했다. 저
는 문학을 좋아하지 않습니다. 소설을 왜 읽어야 하는지 모
르겠어요. 시는요? 시가 아직도 출간되나요? 브레히트 이후
에도? …… 나는 2018년 소설가 이상우를 만나기 위해 베를
린에 갔을 때 그녀를 알게 됐다. 그녀는 유튜브의 반주에 맞
춰「인터내셔널가」를 부르며 로자 룩셈부르크 플라츠를 뛰어
다녔다. 해시시를 섞은 브라우니를 먹고 하이가 온 상태였고
모든 게 너무 1970년대스러웠고 1980년대 일본 소설을 흉
내 낸 1990년대 남한 소설 같았으며 옛것과 새것의 조화가
완벽히 이루어지지 않은 채로 역사를 10년 단위로 감았다
풀었다 하는 꼴이었다. 나 역시 브라우니에 취했고 입체적인
베를린의 건물들이 루빅큐브 돌아가듯 스스로를 조작하기
시작했다. 나무들은 비디오를 느리게 감는 것처럼 서서히 움
직였고 불을 밝힌 버스 정류장이 성층권에서 아스팔트 위로
낙하했다. 나는 티모시 리어리를 떠올렸다. 플래시백. 짧지만
강력한 기억의 회상, 매우 격정적인 두뇌 안으로 갑작스러운

143

재진입. 마셜 매클루언은 맨해튼에서 가장 예약하기 힘든 레스토랑에서 티모시 리어리와 저녁을 먹으며 노래를 불렀다. LSD는 최고 4백만 개의 뉴런들 럭키 스트라이크는 정말 많아.

그날 이후 나와 맑시스트는 친해졌다, 라고 말하면 좋겠지만 사실은 그렇지 않았고 나는 누군가와 술을 마시거나 약을 하거나 게임을 한다고 친해지지 않는다. 더 어색해질 뿐이다. 문제는 상대방은 가끔 그것을 친밀함의 표시로 이해한다는 사실이다. 맑시스트와 나는 이후 베를린에서 두어 번 더 만났고 산책을 하고 나이트버스를 탔으며 함께 비를 맞았다. 물론 그래도 친해지지 않았다.

야로슬라프 하셰크의 소설 『정신의학의 신비』는 카를교에서 자살하는 것으로 오인받은 남자에 대한 이야기다. 풍자와 아이러니의 대가답게 하셰크는 사소한 오해로 시작된 사건이 어떻게 커지는지 절묘하게 포착한다. 주인공 후리흐 씨는 금주한 지 반년 된 금주협회의 서기이자 『인류의 이익』을 정기 구독하고 채식을 하며 에스페란토어를 수강하는 건전한 시민이다. 그는 모임이 끝나고 집에 가는 길에 카를교를 건너다 어떤 외침 소리를 듣는다. 도움을 구하는 소리인가? 후리흐 씨는 난간에 기대 블타바강을 내려다본다. 그런데 이 모습을 본 한 이발사가 후리흐 씨를 자살자로 오해한다. 실랑이 끝에 두 사람은 격투를 벌이고 이발사는 외친다. 세상에 진정으로 절망할 일은 없는 거요! 여차여차하는 상황을 거쳐 후리흐 씨는 경찰서에 가고(모든 게 잘될 거예요, 경찰관 왈) 정신 감정을 받고(6 곱하기 12는? 정신과 의사 왈) 결국 정신병원에 감금된다. 이 웃지 못할 해프닝이 풍자하는 것은 사람들이 생각하는 방식이 특정 관습과 제도에 고착되어 있다는 사실이다. 1) 한밤중에 카를교에서 강을 내려다보는 사람은 자살할 확률이 높다. 2) 자살하려는 사람은 정신적 결함이 있다. 3) 정신이상자는 자신이 정상이라고 주장한다. 사람들은 상식적이라고 통용되는 확률과 통계에 입각해 판단하고 행동하고 절차를 밟는다. 제도의 유지와 인준은 이렇게 이루어지는바, 여기서 후리흐 씨의 주장은 효력이 없다. 그의 주장마저 이미 특정 기준 안에 포섭되어 있다. 다시 말해 진실은 기능하지 못한다. 기능하는 것은 진실이라고 인정된 형식이다. 그렇다면 이 소설은 진실이 없거나 중요하지 않다고 주장하는 것일까. 악명 높은 진실의 상대성, 시대를 앞서간 포스트 트루스? 그렇지 않다. 하셰크의 잘 알려진 소설 『착한 병사 슈베이크』 역시 그렇듯 『정신의학의 신비』에도 진실은 명백히 존재한다. 핵심은 여기에 있다. 그의 소설에서 가장 중요한 등장인물은 후리흐 씨도 그를 구하는(?) 이발사도 경찰관도 제도도 아니다. 책을 읽는 독자다. 아이러니한 상황은 독자 앞에 명확히 상연되고 오직 독자만이 진실의 증인이 된다. 그러므로 사실상 모호한 것은 없다. 그리하여 하셰크의 세계는 풍자가 되고 계몽이 된다. 반면 카프카의 소설에서는 정반대의 상황이 펼쳐진다. 독자가 명확하게 파악할 수 있는 상황—왜 오해가 발생했는지에 대한 설명은 존재하지 않는다. 이 소설에서 우왕좌왕하게 되는 건 독자다. 『시학』에서부터 동시대 영화까지 서사 예술에서 가장 중요한 기율 중 하나는 등장인물은 속이되 관객을 속여서는 안 된다는 사실이다. 카프카는 이 기율을 위반했고 국민 작가가 된 하세크에 비해 알려지지 않은 건 그러므로 당연한 일이다. 카프카의 작품은 비판적 기능을 수행할 수 없다. 역사가 그를 구제하기 전까지 단지 조금 이상하고 실패한 작품일 뿐이다.

소설가 박솔뫼는 프라하에 꽤 오래 체류한 지인이 있다고 말했다. 밴드를 하려고 했어요. 사운드 아트에 가까운? 정확하진 않지만. 나는 프라하 성을 지나 페트린 언덕으로 갈 생각이었다. 성비투스 성당 앞에 긴 줄이 있었다. 광장의 사람들은 매스게임을 하는 것처럼 종소리에 맞춰 모였다 흩어졌다. 프라하의 붉은 지붕은 시력 검사할 때 보는 초원 위의 집처럼 보였다. 날씨는 맑고 기온은 높았으며 가끔 거리의 초점이 흐려졌다. 사람들이 왜 이곳에 있는지 이해할 수 없었다. 스트라호프 수도원 안에 체코 문학관이 있었지만 가지 않았다. 프라하의 풍경이 한눈에 보이는 고성 언저리에 스타벅스가 있었지만 가지 않았다. 솔뫼 씨 말에 따르면 동유럽 특유의 뭔가가 있다고 했다. 스타벅스가 아니라 동유럽의 밴드에. 사이키델릭하고 그로테스크한 인형극 같은 음악이 암

암리에 유행했다. 나는 외투를 벗고 구글맵의 안내에 따라 골목을 걸었고 요란한 소리를 내며 포석 위를 지나는 차들과 천천히 모퉁이를 돌며 언덕 아래로 내려가는 트램을 봤다.

체르닌 궁전 벽에는 유럽 각국의 대통령 사진을 도용한 전시 포스터가 붙어 있었다. 전후 외무부 장관이었던 얀 마사리크가 1948년에 죽은 길이다. 정부는 그가 3층 집무실에서 뛰어내려 자살했다고 발표했다. 그의 죽음은 체코 현대사의 오랜 수수께끼 중 하나다. 사람들은 공산주의를 공공연히 반대한 얀 마사리크가 숙청당한 거라고 생각했다. 2003년 공개된 체코 비밀 문서에는 그의 죽음이 정황상 살인이며 범인은 소비에트의 비밀경찰인 엔카베데일 가능성이 높다고 기록되어 있다. 남한의 우파들은 얀 마사리크를 반공주의의 상징으로 거론한다. 비인간적이고 억압적인 공산주의에 맞선 진정한 자유주의자! 그러나 2015년 새롭게 밝혀진 자료에 의하면 얀 마사리크는 영국 정보부에 의해 살해되었을 가능성이 크다. 시온주의자들의 음모일까. 진실은 모호하다. 중요한 건 얀 마사리크가 양쪽 진영 모두에서 공격받았다는 사실이다. 고립된 상황은 반복되고 사람들은 사라진다. 전시 포스터의 문구는 다음과 같다. 가상의 국가, 인공지능을 위한 통치, 반려견에겐 알고리즘이 필요해요?! 매주 목요일 19시, 폐소공포증의 시간 연쇄, 기타 등등. 이른 오전이고 맑시스트는 정오 즈음 도착할 예정이었다. 나는 오후쯤 헤프로 간다고 했다. 헤프에서 2박 3일 머문 후 프라하로 돌아올 거라고. 맑시스트는 프라하에 있겠다고 했다. 프라하에서 뭐 할 거예요? 노바스쩨나 국립극장에서 곰브로비치의 『코스모폴리스』를 각색한 무용 공연을 볼 예정. 곰브로비치 좋아해요? #카페 되마고 부근, 사르트르의 아파트 앞 비톨트 곰브로비치(64세): (꽃다발을 들고 아파트의 입구를 서성인다. 오랜 망명 생활로 얼굴은 쪼그라들었지만 눈빛은 오만하고 신경질적으로 반짝인다. 경건한 표정의 강아지.) 사르트르를 두고 프루스트 같은 잡탕을 좋아하다니!

유명해요? 누구요? 곰브로비치. 유명……한가? 저는 유명한 작가가 좋아요. 맑시스트가 말했다. 그녀에 따르면 유명한 작가는 1) 민중적이고 2) 설득력 있으며 3) 파급력 있다. 논리적 구성은 아니에요. 셋 모두 셋과 연결되니까. 어쨌든 작가는 유명해야 한다. 그렇다고 모든 유명한 작가가 좋은 작가는 아니지만 유명하지 않은 작가를 좋아하는 건 개인주의거나 엘리트주의예요. 그녀가 말했고 나는 약간 소름이 돋았다. 그녀의 말이 무섭거나 전체주의적이고 극단적이라서가 아니라, 이런 이야기를 맨 정신으로 할 수 있다는 생각 때문이었고(민중이라니) 의문이 들었지만 옳고 그름을 떠나 납득이 됐다. 개인주의의 시대에—그녀에 의하면 자유민주주의가 장악한 20세기 중후반 이후—자유주의는 두 가지로 이루어진다 1) 합리주의 2) 개인주의—개인주의적인 문학이나 예술이 득세하는 건 당연한 일이다. 그런 측면에서 생각하면 내가 좋아하는 작품들이 유명하지 않은 건 당연하

148

다. 오한기의 소설을 백만 명이 읽는다고 생각해보라. 그 나라에는 문제가 있다. 핵을 떨어뜨려야 할까. 그 작품들은 개인이나 공동체를 위한 게 아니다. 그럼 뭘까?

유명하잖아요. 맑시스트가 말했다.

누가요?

당신.

관점에 따라……

우리는 노바스쩨나 국립극장 근처의 카페에서 만났다. K-A-V-K-A. 카를교도 건너고 산책도 합시다. 그녀는 굴라시 수프를 먹겠다고 했다. 굴라시 수프는 터키 음식 아닌가요? 그렇죠. 하지만 프라하의 굴라시도 만만치 않아요.

버지니아 울프는 순차적이지 않은 기억과 생각들이 비처럼 쏟아져 내리는 소설을 쓰고자 했다. 인상들은 모든 방향에서 수없는 원자의 끊임없는 소나기로 내린다. 에이젠슈테인의 '구체의 책'은 앞과 뒤, 위와 아래, 왼쪽과 오른쪽의 구분이 없다. 모든 곳에서 모든 순간에 동시 접속하고 이동할 수 있는 책. 나는 하나의 글에서 곧장 다른 글로 넘어갈 수 있고 그것들의 상호 연결을 드러낼 수 있는 공간적 형식을 만들고 싶다. 여러 생각들의 끊임없는 교체야말로 사유의 결정적인 특징이라고 헤겔은 말했다. 혁명의 단두대야말로 사유 과정의 진정한 반영이다. 잘려 나간 머리통 안에서 하나의 생각이 다른 생각으로 교체되고 다시 머리통이 잘려

나가고 새로운 생각, 새로운 이념이 교체되고 다시 머리통이 잘려나가고……

모든 소설은 그 형태가 될 수밖에 없는 (필연적인/우연적인) 이유가 있다. 작가는 어떤 한계에 의해서 그렇게 쓴다. 다시 말해 소설이 특정 형태가 되는 것은 결단이 아니라 포기에서 온다. 그러므로 우리는 그것이 해낸 것보다 해내지 못한 것을 봐야 한다(*첫 문장에서 괄호 안의 단어 중 적절한 것에 체크 하시오).

정웰링턴의 외할아버지 현순은 1879년에 태어났다. 관립영어학교에서 영어를 배웠고 일본에서 순천중학을 다녔다. 유학 중 YMCA 성경 클래스를 다니며 세례를 받고 기독교에 귀의했다. 1902년 하와이 호놀룰루로 이주했고 카후크 사탕수수 농장에서 통역으로 일하며 순회설교를 다녔다. 20세기 초 그는 상하이, 연해주, 워싱턴, 하와이, 마닐라를 거치며 임시정부 수립과 독립운동에서 중추적인 역할을 했고 일기를 꼼꼼히 남겼으며 그 기록은 『현순자사』라는 책으로 남아 있다. 1920년 5월, 현순은 워싱턴 D. C.에 있는 구미위원부의 책임자로 임명되었다. 구미위원부는 대한민국 임시정부가 해외 각국을 대상으로 외교를 하기 위해 설립한 곳이다. 상하이에 살고 있던 그는 6월 25일 미국으로 가기 위해 프랑스 정기선 포르토스호를 탔다. 혼자였고 동료는 없었다. 배는 두 달 동안 동남아시아, 인도, 지중해, 대서양을 거쳐 뉴욕에 도착할 예정이었다. 온갖 인종과 성별, 연령대의 사람이 섞여 있었고 현순은 매일 새벽 4시에 일어나 세수를 하고 갑판 위를 떠돌며 날씨와 기후, 파도에 대해, 배에서 일어나는 대소사에 대해 썼다. 분홍색 파도, 벨벳 같은 정오의 바람, 바다의 어둠은 원근을 잃은 소리의 반복과 같다. 아시아인 승객들과 가까워진 현순은 기착지에 내려 이국적인 음식을 먹는 취미를 붙였다. 콜롬보의 아랍 호텔에서 먹는 런치와 포트사이드항의 해변에서 먹는 이집트 음식, 크레타섬의 커피에 대한 기록. 그의 아들이자 정웰링턴의 외삼촌 현피터는 당시 현순이 쓴 한시를 번역해 책에 썼다.

바다를 향해 눈을 뜨고,
사나운 바람을 마주한다.
어디선가 봄꽃 향이 나고,
다른 곳에서는 가을 잎들이 떨어진다.
모든 곳에 평화를 가져다줄
계획을 발견할 수 없을까?

두 달간의 항해 동안 몇 번의 폭력 사태가 있었고 특히 알제리 학생과 아라비아 학생의 싸움은 끔찍했다. 사람들은 불안과 행복을 함께 느꼈는데 선원을 제외한 배에 탄 대부분의 이가 유학생이거나 이산자, 뜨내기였기에 더욱 그러했을 것이다. 가끔 터무니없을 정도로 낭만적인 혁명의 일부가 모습을 드러낸다. 우리를 혁명 속으로 들어가게 만드는 입구로서, 진실이 자신의 일부를 사기 친다. 멜랑콜리하고 낭만적인 감상은 신체에 새겨진 혁명의 감각을 언어로 번역하는 과정에서 생긴 오류다. 혁명은 생각이 아닌 특정 행위, 냄새, 촉감, 굉음과 진동이며 우리는 반복해서 기억을 찾는 이족보행 로봇의 선조다.

동시대를 어떻게 사유해야 할지 모르겠다. 무지함이 아닌, 동시대와 내가 멀어지고 있는 감각이다. 하지만 한 번이라도 동시대와 가깝다고 느낀 적이 있는지 모르겠다. 나는 모든 예술과 행위가 정치적이라고 생각한다. 총체성을 사유할 수 없는 시대, 복잡성의 정도가 정신이 파악할 수 있는 한계를 넘어섰지만 사람들은 모른다고 말할 때조차 알고 있다. 자신의 앎과 행위를 개인적인 것으로 한정 짓는 흉내를 낼 뿐이다. 그러므로 문제는 정치적이길 포기하는 것이다.

그렇지만 정치적인 것은 무엇인가.

집중을 방해하고 강박적인 자본주의의 여건 속에서 사람들은 충분히 뭔가 잘못되고 뭔가 빠져 있고 뭔가 극심하게 불공정한 것처럼 느낄 수 있다. 그러면 사람들은 이 생각을 복잡하게 만들거나 이 생각을 이런저런 맥락 속에 집어넣을 수도 있고, 이 생각에 대해 잊어버리고 이메일을 확인할 수도 있다. 혹 다르게 해보려는 사람도 있을 수 있겠다.

청원에 서명을 한다든지, 블로깅을 한다든지, 투표를 한다든지 개체로서 자기 나름의 몫을 행한다든지 하는 것이다. 바로 여기에 문제가 있다. 사람들은 계속해서 개체로서만 사고하고 행동한다. 조디 딘을 인용하며 젊은 맑시스트가 요청하는 것은 새로운 금욕주의다. 쇼핑을 멈추는 것, 기부를 멈추는 것, 각개전투를 멈추는 것.

직접적인 예를 들어보자. 젊은 맑시스트는 홍콩 시위에 반대한다. 영국의 금융자본주의에 빌붙어 오랜 영화를 누렸고 그것이 계속되길 바라는 것 아닌가. 그 시기 동안 말레이시아와 캄보디아, 인도네시아가 제국주의로부터 겪은 고난을 보라. 서구식 자유주의의 잣대로 중국의 정책을 바라보고 있는 것 아닌가. 나는 그녀의 의견에 찬성하지 않았다. 그녀는 말했다. 한국의 좌파와 우파 모두 홍콩 시위에 찬성한다는 사실을 기억할 필요가 있다. 중국을 공공의 적으로 위치시키고 자유를 억압하는 체제가 인류의 가장 큰 범죄다, 라는 보편을 가장한 비판 담론—형식이 판을 치고 있다. 홍콩 시위는 시위 당사자들이 아닌 해외의 사람들, 진보라고 자처하는 속류 중산층 좌파부터 전근대적 우파들까지 모두가 소비하는 일종의 문화—지식 상품이다.

장 주네는 희곡 『검둥이들』의 서문에서 묻는다. 흑인은 무슨 색일까요?

153

프라하를 생각하면 길을 건너는 모습이 떠오른다. 내가 길을 건너는 걸까, 다른 사람이 길을 건너는 걸까. 숙소는 화약탑에서 5분 거리에 있고 아침 일찍 일어나 바츨라프 광장으로 간다. 관광객들, 분홍색 모자를 쓴 백인 꼬마들과 부모, 각기 다른 색의 경량 패딩을 입은 그들은 햇빛이 사선으로 명암을 긋는 외벽을 따라 골목 안으로 사라지고 검은 포니테일의 동양인 여자는 트램 지난 거리를 횡단해 오픈 준비 중인 베트남 음식점으로 들어간다. 가까운 거리에 세 개의 환전소가 있다. 가장 높은 환율을 쳐주는 곳은 이른 시간부터 긴 줄이 있고 백 미터 떨어진 환전소에는 사람이 없다. 아랍계 남자인 창구 직원은 스낵을 먹으며 축구를 보고 있다. 시끄러운 함성이 유리창 너머 들렸고 나는 코루나를 들고 길을 건너 광장을 거슬러 올라가는 관광객들 틈에 섞여 프라하의 봄을 기억하고 공산주의를 풍자하기 위해 설치된 야외 조각상 사이를 걸었다. 커다란 황동색 뇌 호스가 꽂힌 위장 여섯 발로 걷는 개와 디지털라이징된 화초의 묶음 발코니를 장식한 동물과 악마, 천사들을 봤고 프랜차이즈 카페에서 커피와 베이글, 크루아상을 샀다. 헤프에는 아침 일찍 문을 여는 카페가 없다.

우리는 우리가 알던 대로 행동할 뿐이다.

세탁기가 고장 났다. 몇 번 돌아가는 소리를 내더니 전원이 꺼졌다. 다시 해봤지만 미동이 없었다. 에어비앤비는 헤프 중앙 광장에서 5분 거리에 있었다. 2층이었고 위층에 주인이 살았다. 에어비앤비를 운영하는 사람은 집주인의 딸로 이바라고 했다. 그녀는 남가주대학교에서 비주얼 아트를 전공하고 현재는 플로리다 네이플스에 살고 있다. 열쇠는 헬레나가 줄 거예요. 이바는 메시지를 제때 확인하지 않았지만 답장은 했고 헬레나는 키가 크고 살이 찐 백인 중년 여성이었다. 화려한 네일아트와 장신구가 눈에 띄었다.

이바, 워싱 머신 이즈 브로큰.

나는 이바에게 메시지를 보내고 집 밖으로 나왔다. 에어비앤비의 안내에 따르면 집 앞에 호텔이 있고 쇼핑센터가 있었다. 거짓은 아니었다. 문을 닫았고 유령이 나온다는 사실만 씌어져 있지 않을 뿐. 불이 켜진 채 홀로 돌아가는 유원지, 무질서하게 쌓인 상품들, 수십 년 된 광고 전단, 호텔 1층의 레스토랑 모니카에는 사람이 없었고 코카콜라 자판기 불빛이 창 너머로 뻗어 나왔다. 옆 건물 1층에는 치킨과 피자를 파는 녹색 간판의 가게가 있었다. 나이를 짐작할 수 없는 세 명의 사내가 일했고 한 사내가 대장 역할을 했다. 크고 나이 들어 보이는 외양이지만 얼굴에는 어리광이 섞여 있었는데 곤충을 괴롭히는 아이의 입꼬리 같은 게 스치고 지나갔다. 그들은 금목걸이를 한 세 마리 핏불테리어 같았다. 중앙 광장을 면한 건물들은 옛 동유럽 특유의 색을 띠고 있었고 한 골목만 안으로 들어가면 폭격을 맞은 듯 무너진 외벽과 깨진 상태로 방치된 유리창, 합판을 엑스 자로 못질한 현관문을 만날 수 있었다.

이리가 세탁기를 고쳐줄 거예요. 이바의 답장이 왔다. 이리는 헬레나와 함께 사는 남자였다. 히 이즈 낫 마이 파더. 묻지 않았지만 이바가 말했다. 이바는 한 시간 후 이리가 갈 거니 문을 열어주라고 했다.

나는 남는 시간 동안 헤프를 걸었다. 헤프의 시가지는 작고 낡았으며 해가 지기 시작하자 만성적인 침울함과 무관심이 느껴졌다. 두터운 화강암 벽 속의 선술집에는 시 외곽의 초콜릿 공장에서 퇴근한 사람들이 맥주를 마시고 있었고 중국인들의 작은 점포에는 해진 카키색 니트를 입은 사내가 앉아 있었다. 오흐제강이 중심가 북쪽 윤곽을 따라 흘렀다. 강 너머에 스보보다 문화센터가 있었고 유리와 강철 프레임으로 만들어진 도시에서 가장 현대적인 건물이었지만 팽팽한 어둠과 적막이 주위를 에워싸고 있었다. 앞 유리가 나간 몇 대의 차가 주차되어 있었다. 옷깃을 세운 중년 남자, 십대로 보이는 서너 명의 남녀는 얇은 나일론 소재의 옷을 입고 벤치 주위를 배회했다. 강변을 따라 검은 후드 입은 남자가 비틀거리며 걸어왔다. 동유럽 지방에 사는 네오나치, 동양인 급습. 가십에 가까운 기사가 떠올랐고 사람들은 나이프를 들고 다닌다, 먹잇감을 찾기 위해서? 우리는 중심에 발을 내디딘다. 성니콜라스 성당과 프리드리히 2세의 요새, 자연보호지구, 대략적인 도시의 윤곽이 그려졌고 남서쪽으로 가면 정웰링턴이 근무했던 헤프 시립병원이 있다. 내일 아침에 그곳으로 갈 생각이었다. 도시의 형태가 지금과 같다면 그가 살았던 아파트가 여전히 존재할 것이다. 정웰링턴의 주소가 있었지만 가고 싶지 않았다. 장소를 묘사해야 할까. 더 이상 존재하지 않는다면, 예전의 모습을 찾아볼 수 없는 볼품없는 건물이 있을 뿐이다,라고 써야 할까. 그러나 정웰링턴의 집은 단 한 번도 역사적인 장소였던 적이 없다. 그곳은 공산주의의 사람들이 돌아가며 묵었던 곳일 뿐이다.

정웰링턴은 1962년 11월 헤프 시립병원 중앙연구소 소장으로 임명됐다. 가족들은 병원 인근의 아파트로 이사했다. 다른 행적과 마찬가지로 헤프에서 그의 개인사는 거의 알려져 있지 않다. 그는 매우 고독하고 침잠한 생활을 했던 것으로 보인다. 외견상 커리어는 안정 단계에 이르렀다. 미국 국적을 버리고 체코 국적을 획득했고 체코인과 가족을 이루었으며 비밀경찰의 감시는 중단됐다. 진급이 이루어졌고 연구 논문을 발표했다. 연구 논문의 제목은 "노르에피네프린 관리와 연결된 관점에서의 신세뇨관 괴사". 그러나 그는 1년 후 병원 해부실에서 독극물을 삼키고 자살했다. 가장 안정되고 성공적인 시기에 일어난 일이다. 가족에게 보내는 편지에는 타인들이 짐작하지 못할 혼란과 두려움, 고통이 있었지만 개인적인 아픔은 거의 드러내지 않았다. 감시당하고 있을지 모르기 때문이다. 체코 비밀경찰은 십수 년간 편지를 가로챘다. 그러므로 편지를 보내는 사람들은 늘 하나의 수신자를 더 생각했다. 가족과 비밀경찰, 친구와 비밀경찰, 연인과 비밀경찰. 이 사실을 받아들이면 편지 쓰는 일이 어려울 것도 없다. 정웰링턴은 오흐제 강변을 산책하지 않았고 성니콜라스 성당에도 가지 않았다. 그가 신앙을 마지막으로 품었던 시기는 언제일까. 내가 생각한 정웰링턴은 실제의 정웰링턴과 다른 세계에 있다. 나는 정웰링턴이 새로운 영역을 개척하던 생물학에 관심을 가질 거라 믿었다. 의사는 어린 시절의 꿈이었지만 성인이 된 후에는 사회생활을 위한 방패막일 뿐이다. 물리학과 생물학 분야에서 사고의 근본을 바꿀 변화가 진행 중이었고 그것은 인간의 개념뿐 아니라 세계의 개념을 변화시켰다. 정웰링턴이 죽은 뒤에 유전자의 자리바꿈 현상이 증명되고 후성유전학과 유전자 편집 기술 등 혁명적 변화들이 생겼지만 소설 속에서 윌리와 안나, 이지는 모든 것에 대해 고민하고 대화를 나눌 자유가 있다. 실제 삶에서 시간이 그들을 속박했기에 소설에선 그럴 필요가 없었다. 그러나 문학에는 문학의 룰이 있고 시간은 언제나 우리를 제어한다. 나는 항상성과 돌연변이가 우연과 필연에 대한 논의를 거쳐 역사에 닿는 광경을 보고 싶었다. 텍스트는 나보다 먼저 생각하므로 정웰링턴의 죽음 이전에 겹쳐진 픽션의 레이어를 따라 드러난 형상을 보고 싶었다. 이곳에서 정웰링턴은 죽지 않을 것이기에 생각 역시 끝나지 않을 것이다.

하지만 생각대로 되는 일은 없다. 가끔 깜짝 놀랄 만한 아이디어가 떠오르고 연결되는 걸 느낀다. 그것들은 순간이지만 놀라운 형태의 연결성을 보여준다. 그러나 의식은 그 자체로 소통할 수 없다. 연결은 내용에서 일어나지 않으며 내용을 설명하는 것은 핵심을 빼놓는 행위다. 텍스트가 매 순간 스스로 재현하도록 해야 한다. 하지만 어떻게? 읽는 사람들은 제각기 다른 앎과 욕구, 상황 속에 놓여 있는데 강제할 방법이 존재할까. 강제는 결국 카타르시스의 다른 판본이 되고 말지 않는가. 책과 자료는 끝없이 쌓여가고 아이디어와 깨달음은 계속해서 버려진다. 정 웰링턴은 1959년 현순에게 보내는 편지에 이렇게 쓴다. 우리가 서로 만나려면 상황이 급변해야만 합니다.

헤프로 가는 기차에서 빅토르 세르주의 『한 혁명가의 회고록』을 읽었다. 『회고록』은 체코 일정 내내 가방에 있었고 사실대로 말하면 내가 책을 산 뒤 언제나 나와 함께했다. 거의 모든 페이지의 귀퉁이를 접었고 줄을 그었다. 혁명에 대한 환상 때문에? 소설에 참고하기 위해서? 빅토르 세르주가 너무나 위대한 사상가라서? 단지 모든 페이지가 좋았기 때문이다. 빅토르 세르주는 십대에 이미 아나키스트가 됐고 열다섯에 집을 나와 광부, 벌목꾼, 인쇄공, 제도사로 일했다. 목발의 영웅 알베르 리베르타드를 존경했고 엘리제 르클뤼의 모토를 따랐다. "사회의 불의가 계속되는 한 항구적 혁명을 도모하지 않을 수 없다." 브뤼셀 거리에서 친구들을 모아

159

부르주아와 자본가, 위정자들에게 테러를 가했고 20세기 초 용광로처럼 녹아내리는 유럽의 모든 혁명 공간을 쫓아다녔다. 그와 친구들은 브라우닝 권총을 품에 지니고 있었다. "감옥에 들어가지는 않을 거야! 여섯 발은 경찰 거고, 일곱번째 총탄은 내 몫이지!" 파리, 베를린, 바르셀로나, 페테르부르크, 모스크바. 볼셰비키가 되어『공산주의 인터내셔널』의 기자로 일했지만 스탈린을 비판한 죄로 유배됐고 이후 공산당에 쫓겨 세계를 전전했다.『회고록』은 2차 대전 중 멕시코에서 쓴 것이다. 망명객 신세였고 집필에 집중할 공간도 시간도 없었다. 원고를 간수할 수도 정리할 수도 없었고 퇴고는 상상할 수 없었으며 출간도 불투명했다. 나는『회고록』을 서서 쓴 책이라고 부른다. 그는 매 페이지를 처음 쓰는 것처럼 썼다. 책은 순차적으로 진행되지만 그의 기억이 필사적으로 쫓기며 삶의 매 순간을 옮겨놓은 것이다. 모든 페이지가 자신의 페이지를 위해 존재한다. 모든 등장인물은 등장한 그곳에서 산다. 여기에 플롯은 없다. 등장인물이 성장하고 깨닫고 패배하고 구원받을 틈이나 구성은 존재하지 않는다. 떠오른 지금 그에 대해 써야 한다. 그가 나타났을 때 그에 대한 모든 것을 써야 한다. 가끔 무엇을 쓰는지 무엇을 썼는지 잊을 법도 했지만 빅토르 세르주는 잊지 않았다. 그는 혁명에 대해 쓰고 있었다.『회고록』한국어 번역판은 760페이지이며 자살이라는 단어는 57번 나온다. 13페이지당 한 명씩 자살한 셈이다. 그는 이렇게 썼다. 내가 이십대 때 어울린 프랑스와 벨기에의 젊은 반란자들은 모두 죽었다. 1917년 바르셀로나에서 사귄 생디칼리스트 동지들도 거의 모두 학살당했다. 러시아혁명의 친구들과 동지들은 아마 다 죽었을 것이다. "부디 당이 깨어나기를!" 그들은 게임이 끝났다는 걸 깨달았을 때 감옥에 가기보다는 자살을 택했다. 나는 폴 라파르그와 라우라 라파르그가 자살한 사건에도 주목했다. 그것은 집단적 자살이었다. 자살이 계속되었다. 물론 자살은 언제든 결행할 태세였지만 말이다. 내가 우리 사회는 범죄, 범죄자, 될 대로 되라는 식의 자포자기, 자살, 화폐의 유해성을 양산한다고 설명하자 '무고한' 범인들은 감정이 상했다. 아다드는 몇 년 전 파리에서 자살했다. 라콩브는 향료가 든 빵과자 축제에서 순순히 체포에 응했고, 상테 교도소에서 운동 시간에 지붕으로 올라가 자살했다. 그는 1930년경 자살한다. 용기를 잃지 않은 사람들도 선택지가 자포자기해서 자살하는 것밖에 남지 않는 것이다. 그가 자살 충동에 시달렸다는 게 틀림없다. 훨씬 나중이었지만 그는 실제로 자살을 결행했다. 하루는 사형 선고를 받은 혁명가들의 자살 결행 문제를 놓고 토론을 벌였다. 자살을 생각했지요. 하지만 내게 그럴 권리가 없다는 결론에 이르렀습니다. 루토비노프가 자살을 했다. 글래즈만도 자살했다. 자살 건수를 가리키는 그래프가 올라가고 있었다. 에브게니아 보그다노브나 보쉬가 자살을 했다. 가장 위대한 볼셰비키 가운데 한 명이 사망했지만 해외로는 어떤 소식도 타전되지 않았다. 독보적 시인 세

161

르게이 예세닌이 자살했다. 전화벨이 울렸다. "당장 오세요. 예세닌이 자살했습니다." 마야콥스키도 머잖아 가슴에 총을 쏴 자살을 결행한다. 그들은 살이 피둥피둥 올라 있었고, 자신들이 자살과 총살형 집행대의 희생자로 전락할 운명에 전전긍긍하게 되는 존재일 뿐임을 전혀 알지 못했다. 요페가 오늘 밤에 자살했습니다. 나는 항의의 몸짓으로 자살을 결행한다. 1937년에 총살당하거나 자살했다. 소장이 미망인에게 한다는 소리는 죄수가 자살을 했다는 것이었다. 로미나제는 1935년경에 자살한다. 가장 확고하게 스탈린을 지지하고 신봉했던 스크리프니크가 자살했다. 물론 창피를 당하고 찌그러진 작가, 자살한 작가들도 있었다. 안드레이 소볼은 탁월한 소설가이자 뛰어난 혁명가로 1926년 세르게이 예세닌과 같은 시기에 자살했다. 젊은 작가도 여러 명 자살했다. 그는 18개월 동안 작품을 쓰지 못했고, 무기력한 상태에서 자살했다. 그녀는 가까스로 해외로 빠져나갈 수 있었고 곧 자살하고 만다. 그러다가 그는 쓰기 시작했고 목을 그어 자살을 결행했다. 11월 8일 스탈린의 젊은 아내 나데즈다 알릴루예바가 크렘린에서 자살했다. 알렉산드라는 지나이다 르보브나 브론슈테인이 베를린에서 자살했다고 알려줬고 트로츠키의 편지 한 통을 보여줬다. 반동적 신문이 비방 캠페인을 전개했고 그는 자살로 내몰렸다. 윤리적·정치적 노예 상태로 전락하고 마는 자살의 조짐이 하나 이상 감지되었다. 스네플리트의 두 아들은 자살했다. 그 즈음에 시인 발터 하젠클레버와 발터 벤야민이 자살했다. 워싱턴에서 크리비츠키가 자살했거나 살해되었다는 소식이 보도되었다. 유년 시절에 어머니는 베를린에서 자살로 내몰렸고 아버지는 러시아에서 영원히 사라졌던 것이다. 자살로 추정. 10년으로 감형되었으나 감옥에서 자살. 세르주는 사빈코프의 인격과 개성에 매혹되었다. 공산주의에 환멸을 느끼고 프랑스에 정착함. 와병하고 좌절해 아나키즘의 전망이 부활한 에스파냐혁명 발발 직전에 자살함. 트로츠키가 출당되자 와병과 낙담 속에 항의의 의미로 자살함. 1924년 5월 자살했다. 강제수용소에서 자살한다. 에스파냐의 포르트보우에서 자살.

조디 딘: 어떤 이들은 내가 이인칭 복수형 자리에 "우리 we/us"를 사용하는 데 이의를 제기할 수도 있겠다—"우리"라니, 무슨 뜻으로 말하는 거지요?라고. 이 이의 제기야말로 유럽, 영국, 북아메리카의 좌파에 만연한 파편화의 증상이다. "우리"를 주체나 객체로 호출하는 일을 구체적이고 서술 가능하고 실증적 지시 대상이 요구되는 사회학적 진술로 축소하는 것은, 마치 이해관심과 의지가 부동의 사회적 지위의 유일하고 자동적인 속성이 되어버리는 듯이, 정치에 필요한 분할을 지워버린다. 우리에-대한-회의론은 집합성을 의심의 대상으로 다루고 개체의 단수성과 자율성이라는 판타지에 특권을 부여함으로써 수행적 요소로서 이인칭 복수형을 쫓아낸다. 나는 "우리"라는 말을 쓸 때에 집합성의 당파

적 의미가 확장되기를 바란다.

　빅토르 세르주: 나는 자아를 공허하게 주장하는 '나'란 말을 쓰는 게 싫다. '나'란 말에는 착각과 환상은 물론이고, 허영과 오만도 들어 있다. 나는 되도록 '우리'란 대명사를 쓰겠다. [……] 당연히 사실에 더 가깝고, 더 포괄적이기 때문이다. 우리는 스스로의 활동과 노력만으로 살지 않는다. 우리는 스스로를 위해서만 살지도 않는다. 우리의 가장 내밀한, 가장 사적인 사유도 세상 사람들의 생각과 수천 가지 방식으로 연결돼 있다.

　혁명 전통이라는 것이 있는데, 그것이 첫째로서는 곤란과 난관을 극복하는 불요불굴의 투쟁정신. 이 바로 첫째입니다.

　두번째는 혁명적 동지애. 이것이 바로 인간사랑이지요.

　세번째로 혁명적 낙관주의가 있습니다. 혁명에 참가하는 이상 혁명이야말로 참 승리는 우리 것이다.

　네번째는 사회주의적 애국주의.

　다섯번째는 혁명적 군중 관점. 자, 김 주석이 영도하는 빨치산 부대가 식량이 없습니다. 떨어졌어요. 식량이. 그래서 농민들이 감자를 재배해놨는데 그거라도 파먹어야 살겠거든요. 할 수 없으니까 팠지요. 파서 연명을 했는데 파고는 거기다가 쪽지를 넣어놨습니다. 아무 날 아무 시 어느 때에 와서 우리가 식량이 부족해서 감자를 캐 갔으니 아무 때 갚아

164

도 갖는다. 이것이 다 혁명적 군중 관점이에요.

마지막으로 여섯째가 프롤레타리아 국제주의. 이것이 가장 중요한 것입니다. 국제성을 띠어야 되지요 혁명은. 그건 바로 인간노동이 창조한 문화가 발전해서 국제적으로 다 연관성이 있는 거예요.

이리는 침대에서 방금 일어난 것처럼 솟은 은색 머리칼을 가진 남자였다. 눈동자가 청회색이었고 키와 덩치는 레슬링 선수를 연상케 했지만 볼이 씰룩거릴 때마다 장난기가 어렸다.

그는 세탁기 옆의 욕조에 앉아 책을 읽고 있었다. 세탁기는 턱턱 소리를 내며 돌아갔다.

문은 어떻게 열었어요?

이리가 키를 보여줬다. 나는 이 동네 모든 집의 열쇠를 가지고 있다. 이리가 말했다. 잘못 알아들은 거라고 생각했다. 에브리 하우스즈 키……? 그가 말했다. 독일어를 할 줄 아는가?

전혀.

이리가 어깨를 으쓱했다. 아쉽게 됐네. 나는 영어는 못하지만 독일어는 잘하는데. 과연 이리의 영어는 엉망이었다. 내 영어도 엉망이었고. 따라서 우리의 대화는 엉망진창이었다.

이리는 큰 손을 들어 세탁기를 쥐었다. 전력 문제야. 파워 프러블럼.

어떻게 할까요? 그냥 쓰면……?

이제 됐어. 오케이.

세탁기는 잘 돌아가고 있었다. 이리는 이지스급 순양함 같은 손을 뻗어 전원 선을 쥐었고 콘센트를 가리켰다. 파워.

오케이……

이리는 세탁기에 내려뒀던 책을 들었다. 카렐 차페크였다. 체코어였지만 차페크의 이름은 읽을 수 있었다. 프라하에서 하루 묵었던 호텔에도 차페크의 책이 있었고 잠시 들른 카페에도 차페크의 책이 있었다. 체코의 모든 책장에 차페크가 있었다. 반면 카프카는 많지 않았다.

차페크는 체코어로 썼지만 카프카는 독일어로 썼거든.

이리가 말했다. 나는 둘 다 읽을 수 있지만. 보스both. 이리의 볼이 씰룩거렸다.

음…… 나는 고개를 끄덕였다. 어쩌라고…… 이제 나가지? 이리는 알아들을 수 없는 말을 구시렁대며 미적거렸다. 소재도 방법도 부족했지만 어쩐지 대화는 계속 이어졌다.

헤프에 살면 어마어마하게 심심할 것이다. 나는 생각했다.

헤프에 왜 왔어?

여행……

여행? 언빌리버블.

이리가 말했다. 감탄사인지 진짜 못 믿겠다는 뜻인지 헷갈렸다. 그게 그건가? 헷갈리네……

왜?

166

이리가 다시 물었고 나는 그냥 되는대로 털어놓았다. 소설을 쓰고 있고 주인공이 이 도시에서 살았다. 그는 의사였고 공산주의자였고 혁명가였고 번역가였고 하와이에서 태어났지만……

나도 소설 좋아해.

이리가 말했다. 그는 카렐 차페크의 책 표지를 보여줬다. 모로코의 카펫에 수놓아져 있을 법한 패턴이 표지를 장식한 낡고 아름다운 책이었다. 체코어 제목은 읽을 수 없었다.

영어로 제목이 뭐죠? 나도 차페크 좋아해요.

음…… 이리는 고민에 잠겨 회색 눈으로 나를 빤히 쳐다봤다.

음…… 스타……?

스타?

그가 큰 손을 들어 주먹을 쥐더니(위협적이었다, 때릴 생각은 없어 보였지만) 허공에 휘저었다.

쿠우우웅 스타……

아…… 메테오? 슈팅 스타?

야, 야! 이리가 웃으며 고개를 끄덕였다.

이리가 가지고 있는 책은 카렐 차페크의 『유성』이었다. 나도 그 책을 가지고 있다고 했다. 우리는 서로 어색하게 웃었다. 이제 무슨 말을 하지? 현관문이 지척이었지만 이리는 멀뚱히 있었다. 외국인을 만나면 공통의 책이나 작가로 대화를 풀어나가는 경우가 종종 있다. 물론 깊이 있는 대화가 이루어진 적은 없다. 지난여름, 파리의 낡은 바에서 만난 편집자 커플은 철학책에 빠졌다면서 어떤 철학자를 좋아하냐고 물었다. 나는 파리인 걸 감안해 데카르트를 말했다. 나는 생각한다, 고로 존재한다. 프랑스어로 주 팡스, 동크 주 쉬Je pense, donc je suis⋯⋯ 그러자 편집자 커플이 동시에 고개를 저었다. 그건 별로야, 친구. 철학이라면 이걸 기억해야지. 갓 이즈 데드. 니체. ⋯⋯뒤늦게 안 사실이지만 프랑스인들은 아는 척을 좋아했다. 편견이라고? 어쩔 수 없지⋯⋯

누구?

이리는 사람을 찾는 거냐고 했다. 나 헤프에 오래 살았고 물론 젊은 시절 여길 떠나서 다른 곳에서 살기도 했고 많은 일을 겪었다고, 수많은 여자, 예쁜 여자들, 안 예쁜 여자들, 상냥한 여자들, 거친 여자들⋯⋯ 모두 좋은 사람⋯⋯ 나는 돌아왔어, 집으로. 나는 지금 삶에 만족해. 나는 열쇠가 많아. 부모는 오래 이곳에서 살았고 그래서 도움을 줄 수 있다(여기까지 말하는 데 10분은 걸린 것 같다). 나는 이리의 말을 들으며 조금씩 현관 쪽으로 이동했고 결국 현관에 다다를 수 있었다.

히 이즈 데드. 롱 타임 어고.

그를 찾는 게 아니라고 했다. 그는 아주 잠시 여기 살았을 뿐이고, 나는 프라하가 아닌 체코의 도시가 궁금해서 온 거라고 했다.

아빠가 그를 알지도 몰라.

이리가 말했다. 정 웰링턴을 안다고? 그의 말이 바로 입력되지 않아 머뭇거렸다. 이리가 어깨를 으쓱했다. 왜냐하면 아빠는 병원에서 오래 일했고 이 동네는 좁으니까 알 수 있지. 동양인 의사라면 더더욱.

숨이 살짝 막히는 느낌이었다. 병원에서 일했다고? 너무 우연의 일치 아닌가. 이리의 아버지는 의사가 아니었지만 병원 운영진이었다. 공산당원이었고 당원들에게는 지역의 주요 기관을 관리하는 직책이 주어진다. 그는 병원을 관리했다. 뭐 그런 식이었다. 비밀경찰 내지는 비슷한 거였는지도 모르겠어. 잘 말은 안 해주지만.

이리는 아저씨처럼 허풍에 가까운 말을 늘어놓았지만 불편하지 않았다. 흥분과 기대, 동시에 겁이 났다.

웬?

이리가 말했다. 나는 1960년대 초라고 했다. 1959년에서 63년 사이야.

내가 그때 태어났어.

이리가 말했다. 흠. 나는 고개를 끄덕였다.

그리고 아버지는 병원에서 일하고 있었지.

나는 조금 어지러웠고 이리의 말이 거짓말인지 정말인지 생각했다. 여행 온 동양인을 놀리는 건가. 뭐 하자는 거지? 이리는 예의 무표정한 얼굴로 나를 내려보았다. 볼이 조금씩 실룩거렸는데 웃는 건지 경련인지 알 수 없었다.

아버지는 영어를 못해. 하지만 독일어를 할 줄 알지.

169

이리가 말했다.

독일어를 하는 친구가 있어.

나도 모르게 말이 나왔다. 그 친구는 지금 프라하에 있어.

굿.

이리가 말했다. 컴 히어.

1950년대 남한에서 체코 유학을 가는 일은 거의 없었지만 북한의 학생들은 체코로 유학을 떠났다. 북한은 1946년 유학생 해외 파견 사업을 시행했고 한국전쟁 기간에도 유학은 멈추지 않았다. 선발된 학생들은 사회성분과 당성에 흠결 없는 북한 엘리트들로 평안북도 의주의 유학생 강습소로 보내져 세 달가량 교육을 받았다. 재소 고려인 작가로 알려진 한진과 그의 사촌동생 한윤덕 역시 그중 한 명이었다. 교육이 끝난 학생들은 출발 직전에 여권을 받았다. 화물 트럭을 타고 압록강 철교에 내린 다음 적기의 공습이 없는 틈을 타 중국 안동 땅으로 들어갔다. 그들은 배치된 여관에서 며칠 숙박했고 각자의 목적지에 따라 열차를 타고 흩어졌다. 한진은 모스크바 전연맹국립영화대학 시나리오과에 입학했다. 한윤덕은 프라하로 배치받았다. 이후 그는 광산대학 선광과에서 공작기계를 전공하고 엔지니어가 된다. 한진보다 한 기수 낮은 윤덕은 강습소에서 한진을 수소문했다며 편지에 이렇게 쓴다. 형의 소식을 듣기 위해 얼마나 묻고 다녔는지 몰라. 나는 추럭을 타고 왔는데 들어보니 내가 도착한 그날 오

170

전에 형과 동무들이 떠났다고 했어. 형 보고 싶어!

편지에 따르면 한윤덕의 프라하 유학 시절은 평탄하면서도 기묘했다. 그가 프라하에 도착한 지 얼마 되지 않아 스탈린이 죽었고 곧이어 체코슬로바키아의 대통령 클레멘트 고트발트가 죽었다. 시대의 공기가 일순간 변했지만 한윤덕을 비롯한 북한 유학생들은 느끼지 못했다. 그들은 프라하 내에 마련된 그들만의 세계에 살았다. 윤덕은 편지에 쓴다. 우리는 동지를 잃었고 큰 절망을 느끼지만 이겨내야 할 것이야.

공작기계는 기계를 만드는 기계를 뜻한다. 한윤덕의 체코인 교수는 기계를 만드는 기계를 만드는 것은 공산주의가 인간을 만드는 제도를 만드는 제도인 것과 유사하다고 말하며 사회의 토대를 이루는 중요한 과업인 만큼 전투적인 배움을 명심하라고 말했다. 형! 기계를 만드는 기계를 만드는 일은 그저 자동차 엔진을 만드는 것과는 다른 일이야. 기계에 영혼을 불어넣는 일을 해야 해. 기계가 기계를 낳는 것처럼, 기계 스스로 존재할 수 있도록 돕는 일이야. 이 과업은 무슨 의미인지 알 듯 말 듯해. 형은 소설과 씨나리오로 인간 영혼의 엔지니어가 되어. 나는 기계의 엔지니어가 될 것이야. 윤덕은 매년 한 차례씩 한진에게 편지를 보내 프라하에서의 생활을 얘기하고 포부를 얘기하고 새롭게 배운 사상을 얘기했으며 필요한 것들을 요청했다. 윤덕에게 필요한 건 대부분 책이었다. 체코어가 서툰 윤덕은 한국어 책이 필요했다. 마르크스 레닌주의 시험에 통과하기 위한 이론서, 시간 때우기용 소설, 애인을 위한 시집 같은 것들이다.

한윤덕이 프라하에서 유학 생활을 한 시기는 정웰링턴이 프라하에서 의대를 다닌 시기와 일치한다. 편지에 정웰링턴의 이름은 나오지 않지만 그로 짐작할 만한 인물은 있다. 1953년 5월 2일의 편지다. 형! 어제는 세계 프롤레타리아트의 명절 5·1절이었어. 우리는 이 나라 인민들과 같이 시위행진을 하였으며 자랑스런 공화국 기빨과 영명하신 수령 김일성 원수의 초상화를 높이 쳐들고 5·1절을 축하했어.

당시 정웰링턴은 찰스 대학교 의학부 학생이었고 국제학생연맹 언론부 직원으로 활동했으며 중국 예술에 대한 책을 번역하고 있었다. 『체코슬로바키아의 중국 예술』이라는 책으로 인류학을 전공한 캐나다 출신의 페기 라시와 토론하며 작업을 진행했고 이 과정에서 연인이 되었다. 페기 라시는 20세기 초 중국의 도시문화에 관심이 많았고 정웰링턴과 종종 상하이에 대한 이야기를 나눴다. 당시 상하이 최고 영화관은 대광명 그랜드 극장이었습니다. 체코슬로바키아 건축가 라디슬라우스 후덱이 설계한 아르데코 양식의 극장이었는데 네온등이 반짝이는 차양과 세 개의 분수, 카펫이 깔린 화장실이 있었어요. 당시 꼬마였던 정웰링턴의 외삼촌 현피터는 윙온 백화점에서 맞춘 소매가 짧은 흰 셔츠에 세 개의 커다란 단추와 호주머니가 달린 재킷을 입고 현앨리스의 손을 잡고 극장에 갔다. 앨리스 누나는 중국의 젊은 아가

씨들이 입는 유행복, 높은 깃이 달린 딱 맞는 블라우스와 주름 잡힌 짧은 치마를 입었어. 신비한 상하이의 저녁이었다. 줄을 선 사람들은 초조해 보였고 이상하게 행동했어. 자리에 앉자마자 행상인이 김이 나는 뜨거운 수건 한 쟁반을 가져왔고 어른들은 수건을 털어 얼굴을 두드리고 손을 닦았어. 처음 보는 광경이었지만 나와 누나는 평생 그래왔던 것처럼 그 모습을 따라 했어. 나중에는 영화보다 그렇게 하는 것이 가장 즐거운 일이 되었지. 행상인은 수건을 가져간 후 찻주전자와 찻잔을 선반에 내려놓았다. 몇 개의 작은 봉지를 주전자에 넣었고 어른들은 잠시 기다렸다가 차를 따른 후 봉지를 열고 내용물을 꺼냈다. 그리고 입에 넣더니 씹기 시작했다. 맙소사! 그땐 그 모습이 얼마나 괴기스러웠는지. 극장에 나란히 앉은 어른들이 일제히 와그작 소리를 내며 볼을 씰룩거리는 거야. 나는 너무 두려웠는데 그건 사실 평범한 해바라기씨였어. 그리고 소음이 잦아들 때쯤 영화가 시작됐지. 1931년은 중국이 제작한 최초의 토키 영화가 개봉한 해였고 상하이에는 서른 개가 넘는 극장이 생겼다. 그랜드, 오데온, 칼튼, 엠버시, 빅토리아, 마제스틱…… 대중 잡지와 출판물이 쏟아졌고 프란츠 카프카가 처음 소개됐다. 외국어를 할 줄 아는 사람들은 구강로의 중고서점에서 런던, 뉴욕, 파리의 잡지를 구입했고 현순과 현앨리스도 그중 하나였다. 정웰링턴은 당시 엄마가 구입한 책들이 하와이에도 있었다고 말하며 궁핍했던 그의 가족에게는 한 권의 잡지도 소중해 현해탄을 건널 때도 버리지 않고 꼭 가지고 다녔다고 했다. 폐기 라시는 혹시 그것들을 볼 수 있냐고 물었다. 정웰링턴은 아마 때가 되면 그럴 거라고 했다. 그때가 영원히 오지 않으리라는 것, 그가 체코를 영원히 떠나지 못할 거라는 사실을 아직 알 수 없던 때였다.

메이데이 행사가 끝난 후 윤덕은 의학부를 다니는 동양인 미국 유학생과 그의 애인의 차를 얻어 타고 프라하 3구역의 주택으로 갔다. 윤덕을 비롯한 북한 학생 세 명이 함께 차에 탔다. 미국 유학생은 북한 학생들에게 관심이 많았다. 자신을 전투적 공산주의자로 소개하며 한국전쟁 중의 북한 학생들에 대한 책을 쓰는 중이라고 했다. 뭣에 쓰려고 그러오? 북한 유학생들은 미국 유학생을 믿지 않았다. 한국인이라는 출신 성분을 이용해 북한의 정보를 빼내는 스파이라는 소문도 있었다. 우리 동무들은 미국인 동지를 지켜볼 셈이야. 그러나 체코에서 차를 타고 도로를 달리는 것은 처음이었고—사실상 자가용이 처음이었고—단지 그것만으로도 이상한 것 아니겠소, 형. 5·1절이 끝나고 거리의 사람들은 아주 들떠 있었는데 말이야, 그들이 차에 탄 우리에게 기쁠을 흔들고 키스를 날렸어. 윤덕은 미국 유학생에게 몹시 부르주아적인 측면이 있다고 말했지만 적국의 기술에는 배워 마땅한 면이 있다고 말하기도 했다. 그들은 목적지로 바로 가지 않고 블타바 강변을 따라 잠시 드라이브를 즐겼다. 미국 유학생의 애인인 흑발의 서양인은 영어로 사소한 질문을 던졌고 미국 유학생이 통역했다. 체코 생활은 어떠냐, 잠은 어디서 자냐, 북한으로 돌아갈 생각이냐 따위의 질문이었다. 북한 학생들은 시큰둥하게 대답했다. 조국으로 돌아가지 않으면 뭣 하러 여기까지 와서 고생이요. 미국 유학생이 고개를 끄덕였다. 조국으로 돌아가는 게 목적이지요. 그들이 도착한 곳은 스로바로바가에 있는 커다란 주택이었다. 파티가 열리고 있었다. 정웰링턴은 조지 휠러의 집에서 '조선의 밤' 행사를 개최했다. 한윤덕 일행이 도착한 곳이 조지 휠러의 집이나 조선의 밤 행사였는지는 알 수 없다. 윤덕은 아주 짧게 그날의 경험에 대해 이야기할 뿐이다. 마음이 영 편치 않아. 요지음 폭격이 심한 모양인데…… 나는 좋은 시절을 보내고 있으니 말이야…… 형, 형도 소련의 심장인 모스크바에서 씨나리오 공부를 하고 있을 거라고 믿어 의심치 않아.

한윤덕과 한진의 편지는 한진이 망명을 결심한 1958년을 마지막으로 단절된다. 이른바 모스크바 북한 유학생 망명 사건이다.

1955년 12월 박헌영과 현앨리스가 처형되고 1956년 여름 연안파, 소련파가 숙청되었다. 한진과 그의 동료들과 가깝게 지내던 주러시아 대사 리상조가 연안파로 몰려 강제 파직당한 것은 1957년이다.

모스크바 유학생 망명 사건은 간단하게 말하면 북한 정권의 개인숭배와 숙청을 비판한 유학생들이 집단으로 정치적 망명을 한 일이다. 이 사건은 다큐멘터리로도 만들어졌다. 김소영 감독의 「굿바이 마이 러브 NK」에서 당시 망명한 여덟 명의 유학생 중 최후의 생존자 김종훈의 증언을 들을 수 있다. 지금은 고인이 된 최국인의 모습도 보인다. 최국인은 유학생 8인 중 선배 격에 속하는 사람으로 망명 후 카자흐스탄 공훈 훈장을 받는 영화감독이 된다.

　망명 사건을 주도한 허웅배의 아버지는 파직된 리상조의 동료로 항일투쟁을 함께했던 연안파 계열의 독립운동가였다. 그의 아버지 역시 숙청될 게 불을 보듯 뻔했다. 당시 모스크바 유학생들은 1956년 2월에 열린 제20차 소련 공산당 전당대회에서 서기장 흐루쇼프의 연설 '스탈린 시대의 범죄에 관해'에 영향을 받은 상태였다. 흐루쇼프는 스탈린의 개인숭배를 비판하고 광범위한 범죄와 부정이 있었다는 사실을 인정했다. 비밀 연설이었지만 소문은 즉각 퍼져나갔다. 흐루쇼프는 연설 말미에 절대 외부로 나가서는 안 된다, 적들에게 탄약을 제공해선 안 된다,라고 말했다. 그러나 정말 비밀이 지켜지길 원했을까? 보안을 강조한 건 이 연설이 비공식적인 루트로 퍼지기를 원했기에, 비밀이라는 언급이 가져다줄 파급 효과를 바란 것 아닐까. 서기장의 연설은 몇 주 안에 소련 전역의 콤소몰 조직에 퍼졌고 곧이어 동유럽 국가에도 전해졌다. 동독 국가 원수인 발터 울브리히트는 기밀에 부쳤으나 연설이 인쇄된 팸플릿은 폴란드를 거쳐 『뉴욕타임스』로 전달됐고 1956년 6월 4일 신문 1면을 장식했다.

연설은 광범위한 영향을 끼쳤다. 사람들은 충격을 받거나 분노를 터뜨렸고 어떤 사람들은 현실에 대해 다시 생각했다. 소비에트의 젊은이들은 일종의 각성 상태에 돌입했다. 모스크바 대학생인 류드밀라 알렉세예바는 동지들과 밤마다 아파트에 모여 시를 암송하고 금지된 산문을 읽으며 실제 있었던 일에 대해 이야기하기 시작했다고 말했다. 반면 작가인 콘스탄틴 시모노프는 아들에게 보내는 편지에 이렇게 썼다. 우리는 공산주의로 가는 길에 많은 실수를 저질렀다. 그러나 실수를 인정한다고 해서 우리의 공산주의 원리가 옳다는 신념이 흔들려서는 안 된다. 소문에 의하면 전당대회에서 흐루쇼프의 연설이 한창일 때 강단 뒤편의 누군가 고함을 질렀다고 한다. "동지! 스탈린이 그 모든 범죄를 저질렀다면 그때 지도부였던 당신은 뭐 하고 있었습니까?" 흐루쇼프는 연설을 중지하고 연방 각지에서 모인 1,355명의 열성당원을 쳐다봤다. "누가 말했습니까?" 죽은 듯한 침묵이 흘렀다. 서기장은 회중 시계를 꺼내들었다. "1분의 여유를 주겠습니다. 누군지 일어나서 다시 말해보시오." 그러나 어느 누구도 일어나지 않았다. 시간이 흘렀지만 기다리는 동안 어떤 소리도 움직임도 없었다. 흐루쇼프는 시계를 호주머니에 도로 집어넣었다. "저는 스탈린이 범죄를 저지르고 있을 때 아까 소리를 지른 동지가 한 것과 똑같은 짓을 하고 있었습니다."

제8차 재소련 조선유학생대회는 1957년 11월에 열렸다. 4백여 명의 북한 유학생과 간부 들이 모였다. 허웅배는 이 자리에서 우리나라에도 개인숭배가 있다는 발언을 했다. 당연히 대회는 발칵 뒤집혔다. 열성분자들은 욕을 퍼붓고 허웅배의 입을 틀어막으며 발언을 제지했다. "토론하지 마! 너가 토론하면 우린 다 망한다!" 그러거나 말거나, 허웅배는 자신이 이미 죽은 목숨이고 가족들도 죽은 목숨이라고 생각했고 생각을 끝까지 밀고 나갔다. "당에 개인숭배와 개인독재가 있고 조선전쟁의 방화자는 김일성이다!" 회의가 끝나고 허웅배는 북한 대사관에 구금되지만 3미터 높이의 화장실 창문으로 탈출해 다른 도시로 몸을 숨긴다. 이런 극적인 사건 이후 허웅배와 가깝게 지내던 나머지 유학생 멤버들은 토론과 논의, 숙고 끝에 동지의 뜻을 따르기로 한다. 8인의 수장 역할을 했던 리경진의 뜻은 더욱 확고했다. 리경진을 깊이 따랐던 한진 역시 같은 생각이었다. 문제는 한진의 위치가 다른 동지들과 조금 다르다는 사실이었다. 그의 아버지는 북한 권력의 핵심에 있는 한태천이었다. 그는 유명한 작가로 김일성의 현지지도 사업에 대한 교시를 발표하는 거물이었다. 한진의 결정으로 가족 모두가 위험해질 수 있다. 한진의 어머니는 그에게 편지를 보냈다. 네 모든 잘못을 깨달았다고 본다. 너는 하루 속히 귀국할 준비하여라. 다 죽어가는 네 어미는 마지막으로 부탁한다.

　　북한 정부의 요청으로 학생 신분이 박탈되고 기숙사에서 쫓겨난 8인의 유학생은 모스크바에서 50킬로미터 떨어진 모니노 숲에서 천막생활을 한다. 리경진과 최국인이 낚시를 해서 고기를 잡고 국을 끓였고 도망칠 때 가져온 모포를 덮고 잠을 잤다. 천막생활은 한 달가량 이어졌지만 당시를 고통스럽게 기억하는 사람은 없다. 그들은 매일 쉬지 않고 토론했다. 무엇을 할 것인가. 신념이 무너졌고 붕괴는 근본적인 원칙을 새롭게 사유하게 만들었다. 노어를 완벽하게 구사하는 리경진은 쓰레기통에서 주워 온 『프라우다』나 『이즈베스티야』 신문을 번역해 매일 밤 논쟁에 불을 붙였다. 근대성의 확실한 표지는 무엇도 정해진 것이 없다는 사실이다. 신의 자리에 계급과 인종, 이성과 과학, 자본, 경제, 예술 그 무엇도 들어올 수 있었고 인간들 사이의 위계, 사상들 사이의 위계 역시 그렇다. 8인의 유학생들은 결의를 다짐하는 증표로 자신의 이름을 '진'으로 바꾸기로 했다. 우리는 다만 참된 사람이 되기로 한다. 리경진은 리진, 허웅배는 허진이 되었다. 한진 역시 그때 한진이 되었다.

우리는 모든 새로운 현실이 임시적이라는 사실과 고통을 감내하기에는 너무 보잘것없다는 사실을 안다. 우리가 그것들을 지지하는 것은 더 나은 대안이 없기 때문이다. 그리고 간단히 말하면, 그것이 우리의 직업이기 때문이다.

그러나 감옥 같은 사회가 보장하는 오늘날의 숨 조이는 가치들을 앞에 두고, 감옥의 문턱에서 사는 오늘날, 무관심은 금물이다. 어떤 대가가 주어지든, 우리는 가담하고 싶지 않다. 침묵하고 싶지 않다. 받아들이고 싶지 않다.

그냥 자존심일지도 모른다. 너무 많은 사람을 닮아가는 일은 불쾌하다.

카페의 와인과 부정 같은 절망의 첫 진상들은, 침묵의 함정에 맞서 옹호하기가 이토록 어려운 이런 삶, 수많은 편 가르기의 결과가 아니다.

지속적으로 느끼는 결핍과는 별개로, 우리가 사랑하던 것들의 피할 수도 없고 변명의 여지도 없는 상실과는 별개로, 게임은 계속되며, 우리는 그렇게 존재한다. 모든 프로파간다는 그래서 유효하다.

우리는 궁극적으로 우리가 필요로 하는 것들을 위한 반란을 꾀해야 한다.

우리는 어떤 행복의 관념, 모든 혁명적 기획이 처음 기준 삼아야 하는 그 관념을 증언해야 한다. 그것이 실패할 것임을 알더라도.

그런데 그곳의 소식은 정말로 캄캄하니…… 그렇게 된 영문인가요? 형의 사업에서 많은 성공을 바랍니다.

젊은 맑시스트는 곰브로비치의 소설도 조르주 페렉의 소설도 이해하지 못했다. 솔직히 말하면 좀 짜증이 났다. 난해하고 난삽한 언어와 구조 때문에도 그렇지만 이해해야 할 것만 같은 책임감에 시달린다는 사실과 그럼에도 이해하지 못한다는 사실 때문에 그랬다. 그녀가 가장 이해하지 못한 것은 소설의 내용이 아니라—사실 내용은 별거 없잖아요—1) 왜 이렇게 썼으며 2) 왜 세계문학의 걸작이냐는 거였다. 이러한 의문은 그녀가 독문학을 전공하기 전부터 따라다녔다. 이걸 한번 읽어봐. 한예종 극작과 친구가 건네준 소설은 이인성의 『낯선 시간 속으로』였다. 어처구니가 없군. 이런 걸 읽는단 말이야? 이건 어때? 사뮈엘 베케트의 『몰로이』. 저리 치워. 이건? 데이비드 포스터 월리스……

헤프에는 역사와 전통의 극장인 웨스트 보헤미아 디바들로가 있었고 젊은 맑시스트와 나는 조르주 페렉의 『인생사용법』에서 영감을 받은 1인극을 보기로 했다. 헤프까지 와서 굳이 연극을 볼 이유가 없었지만 이리의 아버지가 보러 오기로 했고 사실상 헤프시에 거주하는 대부분의 사람이 볼 예정이라고 했다. 연출자인 린다 두스코바는 헤프의 딸이야. 이리가 말했다. 그녀는 파리에서 퍼포먼스를 공부 중인 재원으로 아름다운 금발에 지성을 갖춘 사랑받는 아이지. 어린 시절부터 마을 축제가 있으면 주인공을 맡았고, 「성마르타의 전설」, 뭐 그런 연극. 용, 기사, 동굴, 성녀. 무슨 말인지 알지? 아무튼 그녀가 다 커서 고향에 작품을 선보이는 거야.

나와 맑시스트는 이른 시간 극장에 도착했지만 문은 잠겨 있었다. 노란색 벽과 흰색 기둥을 가진 현대화된 바로크 양식의 극장 건물은 키치의 전형이었고 거리는 스산했다. 현수막도 안내 부스도 없고 사람도 없었다. 사실상 아무것도 없었고 텅 빈 거리에는 빗방울이 섞인 바람이 불어왔다. 여기 맞아? 확실해. 아직 30분 남았잖아. 잠깐만, 여기 포스터가 있어! 우리는 길 건너편의 낡은 건물에 붙어 있는 포스터를 발견했다. 젊은 백인 여자가 정방형의 큐브에 갇혀 있었다. 큐브는 무중력 공간에 있는 듯 여자의 몸은 거꾸로 뒤집혀 있다. GEOMETRIE DOMOVA. 도모바는 체코어로 집이라는 뜻이야. 우리는 얼굴을 때리는 빗물을 훔쳐내며 건물 주위를 둘러봤다. 문은 굳게 잠겨 있었고 페인트칠이 벗겨진 건물은 쥐새끼도 굶어 죽을 걱정을 해야 할 정도였다. 흠, 여기 맞네. 이렇게 조용한데? 아직 20분 남았잖아. 어디서 땅굴 파고 오는 중이야? 우리는 잠시 주변을 산책하기로 했다. 어쩌면 우리가 너무 오버하고 있는지도 몰라. 공연 문화가 다른 거지. 시간이 되면 건물이 두개로 쪼개지며 홀로그램 무대가 나타날 거야, 드론들이 레이저 빔으로 오흐제 강변 위에 "GEOMETRIE DOMOVA"라는 제목을 쓰고 에어버스 헬리콥터스의 H-225기종 헬기가 나타나 여자가 갇힌 큐브를 강 속에 떨어뜨리는 거지…… 데이비드 코퍼필드처럼 쇠사슬에 꽁꽁 묶인 여자가 탈출하는 거야? 10분 안에? 그게 조르주 페렉이랑 무슨 상관이야? 들어봐, 큐브에서 빠져나온 여자가 선언하는 거야, 큐브는 공간에 대한 은유다 쇠사슬은 생각에 대한 은유고 생각과 공간은 지리에 대한 은유고 지리와 강물은 시간에 대한 은유고 중세 마그나카르타의 별빛을 따라 다뉴브 강변의 숲속에 만들어놓은 길을 걷던 한 수

182

도자의 영감에서 비롯된 거대한 컵케이크 형태의 공동체에 대한 묘사를 읽던 생주느비에브 도서관의 빈곤하지만 거의 제정신이 아닐 정도로 동정심이 강한 대학생이 울면서 깨달아. 세계의 수명은 정확히 8만 년이요, 그 시간이 다할 때까지 모든 영혼이 지구와 자신이 생명체가 산다고 확신한 다른 행성 사이를 810번 여행할 것이요, 세대로 치면 1,626대가 이어질 것이다. 뭐라고? 그는 생각해. 고대 유물론과 생시몽의 『어느 제네바 주민의 편지』를 단테의 지옥을 형편없이 모사한 폴란드 영화감독의 미완성작 위로 겹겹이 쌓아올려 만든 75분짜리 멀티미디어 퍼포먼스 공연을 에콜 쉬페리외르 지하 공연장에서 750분으로 늘려 미치고 펄쩍 뛸 정도로 느리게 재생하며 지속의 시간을 탐구하는 것이야말로 내 인생 마지막 과업이 될 것이다. 기말 과제 아니야? 훗날 눅눅한 지하 복도를 지나 객석에 앉은 린다 두스코바와 아이들은 중국인 케이터링 업체의 핑거 푸드와 사과주스를 마시며 깨닫는 거야 오흐제강은 다뉴브강의 지류고 뉴턴은 시간을 템스와 같은 강이라고 생각했으며 생시몽은 하느님의 계시를 받아 인류를 구원할 단체의 이름을 뉴턴 위원회로 지었는데 그렇다면 시간의 근원은 어디이며 그것은 어떤 바다로 흘러 들어가는 건가요…… 너무 걸작이야. 그래서? 뭐가 그래서야. 이게 끝이야. 러닝 타임이 한 시간 반인데 그거 가지고 되겠어? 차라리 탈출 묘기 보는 편이 나을 듯. 젊은 맑시스트는 겨울 코트가 없었고 얇은 카키색 외투의 지퍼를 턱

밑까지 끌어 올렸다. 급격히 내려간 온도가 빗물을 타고 살 갖 아래로 스며들었다. 나는 코트를 그녀에게 건넸다. 죽지 마요. 통역 비용으로 얼마 줄 거예요? 시간당 만 원? 기가 막 히네. 2만 원? 몇 시간 얘기할 건데요? 30분? 미친……

편지를 쓴다는 것은 미래로 메시지를 보내는 일이다. 아 르헨티나의 작가 리카르도 피글리아는 말했다. 편지를 쓰는 동안, 우리는 그 자리에 없을 뿐 아니라, 지금 어떤 상태인지 도 모르는 사람과 현재 시제로 대화를 나누다가, 나중에야 서로의 이야기를 읽게 된다. 편지는 유토피아적인 대화 형식 이다. 편지는 현재를 폐기함으로써 미래를 유일한 대화 공간 으로 만들기 때문이다.

그 밖에 두번째 이유가 있다. 서로 멀리 떨어져 있거나, 각자 다른 장소와 도시에 흩어져 있는 친구들, 가장 사랑하 는 벗들 사이의 관계를 글로 대신할 수밖에 없게 만드는 상 황이 망명과 추방 외에 또 뭐가 있단 말인가?

소비에트 문화성은 북한 유학생들의 망명을 받아주는 대신 그들 각각을 소련 전역으로 발령 냈다. 한진은 서부 시 베리아 바르나울로 리진은 카리닌주의 추푸리야노브카로 갔다. 리진은 볼가강 우안의 숲에 다차를 지었고 러시아 여 성을 만나 가족을 이루고 살았다. 시간이 흘러 유학생들 대 부분 러시아 국적을 취득하고 일정한 직업을 가졌다. 한진은 바르나울 티브이 방송국에서 일했고 『레닌기치』 신문사를 거쳐 카자흐스탄 조선극장의 공식 작가가 되었다. 반면 리진은 죽는 순간까지 러시아 국적을 취득하지 않았고 무국적자로 살았다. 생계는 『소련녀성』을 번역, 출간하는 걸로 대신했고 남는 시간에 소설을 썼다. 『소련녀성』은 소비에트 페미니즘의 관점에서 여성에 대한 소식과 화보를 제작해 배포하는 소련 공산당 기관지다. 리진은 『소련녀성』이 페레스트로이카로 폐간될 때까지 조선어판 편집장을 지냈다. 폐간호에서 리진은 말했다. 신자유주의는 페미니즘의 천적이다. 현존하는 정치 체제 중 공산주의만이 페미니즘의 유일한 동지다.

망명 초기 리진과 한진은 매달 편지를 주고 받았다. 리진은 생활 문제, 사상 문제, 동료들의 안부, 서로의 작품에 대한 평가 등 온갖 시시콜콜한 것들에 대한 이야기를 늘어놓는다. 그들이 흩어지고 난 뒤 첫번째 편지를 쓴 것은 10월 중순이었고 리진이 사는 고장에는 이른 한파가 찾아왔다. 벌써 첫눈이 내렸다. 라지오 방송에 의하면 내 사는 곳이 제일 춥구나. 별일 없이 다 있다. 토끼 사냥도 시작되었는데 개가 없어서 성과를 볼 것 같지 않다. 그 대신 들꿩은 두 마리 잡았다. 또 여우도 좋은 놈을 한 마리 70미터의 거리에서 새를 쏘는 총알로 잡았다. 모피는 지금 침대 우에 걸려 있다. 나의 첫 여우이다. 논나는 목도리로 만들겠다고 야단이다. 우리나라 여우보다 더 크고 곱다.

남한의 소설가 김문수는 1992년 카자흐스탄의 수도 알마아타의 공원에서 한진을 만났다. 김문수는 리진의 소설집을 남한에서 출간할 예정이었고 그 과정에서 한진에게 연락했다. 한진은 몸이 성치 않지만 리진에 대해 말할 힘은 있다고 했다. 리진, 허진을 처음 만날 날부터 서로의 작품을 돌려보고 4, 5일씩 밤을 새우며 토론했단 말이지요. 예순이 넘은 한진은 품속에서 양주를 꺼내 조금씩 마시며 집에서는 눈치가 보여 잘 마시지 못한다고 말했다. 가끔 술이 고프면 글이 안 써진다는 둥, 멀리서 지인이 왔다는 둥 핑계를 대고 살구 위스키를 품에 넣어 판필로프 공원에 나온단 말입니다. 대지에 쌓인 눈은 카펫처럼 공원의 소음을 빨아들였고 반사된 광선은 자작나무 숲에 갇혀 뿌옇게 빛났다. 실제보다 희고 실제보다 더 조용하지요. 김문수는 오래된 공산주의자 앞에서 말을 잃었고 한진은 말이 많지 않았다. 나이가 들어 목소리를 낼 힘이 없었다. 술도 그만 마셔야 되는데. 몰래 위스키를 마신다는 사실을 집사람이 모를 것 같지 않다고 한진은 말했다. 냄새날 게 분명하지. 그러나 그녀는 술을 마시고 들어왔다는 사실을 없는 셈 친다. 나도 술을 가지고 나왔다는 사실을 없는 셈 치고 말이다. 우리는 서로에게 솔직하고 서로를 사랑한다는 말입니다. 한진은 말했다.

유학생들은 리진과 허진 그리고 한진을 일어로 산바라가스라고 했다. 한 방면에 특출한 세 사람, 이른바 삼총사를 뜻하는 말이다. 리진은 모스크바 국립영화학교에서 최초로 수석을 한 유학생이었다. 유학생 중에 수석이 아니라 전체 학생을 다 합쳐 수석이었고 소련인들도 그를 당하지 못했다. 마을 사람들은 그를 자자 리Djadja Lee라고 불렀다. 한진은 리진이 오래전 보낸 편지를 여전히 가지고 있었다. 한 사람이 작가가 된다는 건 말이지, 혼자 힘으로 되는 게 아니란 걸 동무도 명심해야 합니다. 정상지니, 리지니, 허지니, 양원 시기, 이른 사람들이 없었다면 말이야, 내가 작품을 할 수 있었냐는 말이다. 1963년, 한진이 리진에게 받은 편지에는 이렇게 씌어져 있다. 오늘 세상에도 진짜 걸작들이 있다! 글을 쓰는 사람으로서의 우리는 이 모든 중요한, 자기 시대의 사건들을 반영하지 않을 수 없다. 우리와 같은 병적인 처지에서도. 이런 시기에 제일 위험한 것은 숙명론적인 타락 상태에 빠지거나 혹은 반대로 랑만적인 이상주의에 치우치는 일일 것이다. 서로 주의 편달하자. 1964년 11월 편지에서는 이렇게 말한다. '대동단결'은 환상이다! 레로, 현 일본 공산당의 지도부가 그 어떤 힘으로 집권당이 된다면 일본 인민은 더 불행해진다고 생각한다. 조선도 마찬가지다. 그렇다면 우리는? 문제를 더 끌고 가야 할 것이다.

글을 써라! 자기 시대의 가장 중요한 일 중 하나인 '투쟁'에 나서라. 긍지와 책임감을 가져라. 사상은, 세계관은 기분이 아니다. 우리는 승리한다. 왜냐하면 이 승리가 없이는 진정한 공산주의가 없기 때문이다.

레닌은 1920년 11월 21일 발행한 볼셰비키 팸플릿 『당이 오늘날 할 일에 대한 현재적 질문들』에서 공산주의를 한 문장으로 정의한다. 공산주의는 소비에트 권력과 영토 전체가 전기화된 나라를 더한 것이다. 1920년 말 고엘로(GOELRO, 러시아 전기화 국가위원회)가 설립되고 연방 전역에 전력이 공급되기 시작했으며 한 번도 전깃불을 보지 못한 카자크 농부들의 집 안방까지 전구가 들어왔다. 니콜라 레의 2001년 작 「Les Soviets plus l'électricité」는 이러한 기계적 네트워크의 흔적을 따라 구 소비에트의 영토를 횡단한 일종의 다큐멘터리다. 일종의,라는 말을 붙인 것은 니콜라 레가 인터뷰에서 이렇게 대답했기 때문이다. 당신의 영화는 픽션인가요? 아니요. 당신의 영화는 다큐멘터리인가요? 아니요. 그럼 뭐라고 말할 수 있을까요. 제 영화 전체를 통칭할 수 있는 말은 없고 생각해보지도 않았습니다.

프레데릭 드보와 니콜라 레의 인터뷰는 파리 근교에 있는 협동조합형 아트 필름 랩인 라보미나블에서 이루어졌다. 드보는 익스페리멘털 시네마의 흐름에서 주목받는 감독 네 명을 선정해 짧은 다큐멘터리를 만들었고 니콜라 레는 그중 한 명이다. 라보미나블은 명성과 달리 좁고 음침해 지하 동굴에 숨겨진 악마의 소굴이 떠오르는 필름 현상소이자 실험실이다. 「양들의 침묵」류의 할리우드 영화가 악독하게 그리는 사회 부적응자, 사이코패스, 연쇄살인마가 기거할 것처럼 보이는 지저분하고 습하고 보글보글 소리와 용도 폐기된 기계 장치와 섬뜩할 정도로 비대중적인 아카이브가 가득 쌓인 곳. 그러나 막상 그곳에 가면 사람들은 황당할 정도로 천

진하다. 니콜라 레는 살 빠진 조르주 페렉처럼 생긴 사내로
—조르주 페렉이 어떻게 생겼는데?—페인트와 기름으로 얼
룩진 아틀리에 코트를 입고 여느 프랑스 너드들처럼 뻗친 턱
수염과 꼬인 머리를 전혀 개의치 않으며 침착하지만 조금 정
신이 나간 표정으로 자신의 작업과 실험실에 대해 소개한다.
공산주의에서 가장 중요한 것은 인간이 아니라 기계로의 도
약이었고 많은 사람들이 이 사실을 잊곤 합니다. 또는 이 사
실을 단순히 악마화합니다. 그러나 기계를 다룬다는 의식과
실천은 공존해야 합니다. 라보미나블에는 매년 2, 30명의 새
로운 멤버가 들어오는데 규칙은 단 하나입니다. 내 영화는 내
가 직접 만든다. 우리는 사용법을 알려주지만 누구도 현상과
편집을 대신하지 않습니다. 이것을 장인적인 과정으로 오해
해선 안 됩니다. 기술적인 과정을 직접 하는 이유는 그것이
우리의 작업이기 때문입니다. 분업은 기술과 형식을 효율적
이고 단순하게 만듭니다. 반면 라보미나블에서 기술은 스스
로 탄생합니다. 매번 기술적 해법을 찾아야 하기 때문입니다.
    니콜라 레는 지금은 단종된 소비에트 슈퍼 8밀리미터 스
페마svema 필름으로 「Les Soviets plus l'électricité」를 촬영
했다. 스페마 필름을 쓴 이유는 뭔가요? 드보의 질문에 니콜
라 레는 무표정하게 대답한다. 그때 썼던 필름이니까요. 장
게노는 장 자크 루소의 전기를 쓰면서 다섯 살 때의 루소에
대한 챕터에는 다섯 살 때까지의 자료만을 사용했습니다. 니
콜라 레의 아버지는 프랑스 공산당 당원이었고 굴라크로 유

명한 도시 마가단의 대규모 건설 작업에 엔지니어로 참여했다. 마가단은 오호츠크해 북부 나가예보만에 있는 도시로 산소가 희박하고 겨울에는 영하 40도까지 떨어진다. 마가단의 수용소 생활을 담은 『콜리마 이야기』에서 바를람 샬라모프는 이렇게 이야기한다. 옆 사람은 어제 죽었다. 그냥 죽은 채 깨어나지 않았는데 왜 죽었는지 아무도 관심이 없었다. 당직은 사람이 저녁보다 아침에 죽는 걸 기뻐했다. 사망자의 하루 식량이 당직에게 떨어지기 때문이다.

파리에서 마가단은 약 1만 2천 킬로미터 떨어져 있으며 니콜라 레는 아버지의 루트를 따라 구소련의 영토를 횡단했다. 구소련의 기술적 여건 속에서 현재의 러시아를 가로지르는 여정 동안 그는 매일 보고 들은 것을 목소리로 기록하고 카메라로 촬영했다. 영화는 신체에서 파생된 사운드의 일기와 이미지의 일기가 결합된 것으로 녹음기와 카메라의 매체적 차이 때문에 시공간의 분리가 일어난다. 우연히 둘이 일치되는 경우를 제외하고, 다시 말해 저는 찍을 수 없거나 찍기 싫은 것에 대해 길게 말할 수도 있고 굳이 말할 필요가 없는 무언가를 오래 찍을 수도 있습니다. 목소리가 이미지를 예견하기도 하며 이미지가 목소리를 예견하기도 합니다. 사람들은 이미 본 것에 대해 뒤늦게 듣거나 이후에 본 것을 이미 들었다는 사실을 알게 됩니다. 그러나 이 간극과 기다림은 영원히 지속될 수도 있습니다. 저는 이것을 시네보야지ciné voyage라고 부릅니다. 소비에트의 초기 일렉트릭시티 네트워크를 따라간 여행의 감각은 시간의 잃어버림과 불일치의 과정이며 우리는 가장 비극적이면서도 가장 신화적인 측면 속에서, 서구에서 소련의 경험이 의미했던 것을 찾기 위해 이 광활한 공간을 횡단합니다.

그리고 이틀이나 사흘 동안 젊은 맑시스트와 나는 함께 지내며 헤프와 프라하를 쏘다녔다. 우리는 프라하로 돌아오는 열차 안에서, 프라하 시립 미술관에서, 호텔 인터내시오날과 프라하 국립기술도서관의 카페 테라스와 카페 슬라비아에 앉아 헤프에서 있었던 일에 대해 여러 번 얘기했고 이야기는 그날의 경험을 바탕으로 여러 갈래로 뻗어나갔다. 그런 일도 있을 수 있다는 사실에 조금 놀라기도 했다. 이리의 아버지를 만난 날은 전날과 달리 화창했다. 비구름이 걷힌 헤프는 축축하거나 음산하지 않았다. 인적은 드물었지만 빛들이 돌틈으로 스며들었고 종소리는 마을 깊숙이 퍼졌다. 성당 앞뜰에는 해를 받으며 산책을 나온 사람들이 어딘가를 바라보고 있었다. 성당 안은 미사를 보는 사람들로 가득하고 고요했으며 빈자리에는 체코어 성경이 놓여 있었다. 잠깐 앉아봐. 젊은 맑시스트가 말했다. 나는 몰래 사진을 찍으려고 했지만 건너편 자리의 중년 여인이 조심스레 고개를 저었다. 잠시 후 사람들이 일어나 성가를 불렀다. 우리는 성당 뒤편의 잔디 언덕을 따라 내려갔고 주차장을 지나 오흐제강으로 향했다. 이리의 아버지인 야넥의 집은 하블리치코바 다리 아래쪽에 있었다. 린다 두스코바의 공연이 끝나고 극장의 바에서 이리와 헬레나, 야넥을 비롯한 성장을 하고 꽃다발을 든 사람들을 만났지만 대화를 나눌 분위기는 아니었다. 공연은 귀엽고 유머러스하며 씁쓸했다. 모든 대사와 텍스트가 체코어여서 한 마디도 알아듣지 못했지만 알 수 있었다. 뭔가 귀여워. 맞아. 사백삼십아흔 개의 퍼즐은 사백삼십아흔 번의 이사를 뜻해. 그 숫자는 뭐야? 조르주 페렉이 만든 반복과 차이로 이루어지는 계열. 우리 삶에서 생긴 이동 수를 모두 더한 숫자. 주인공은 바뀐 집마다 세계와 가까워지기 위해 노력하지만 실패했다. 새롭게 생긴 사물들, 칫솔, 컵, 테이블, 의자, 문진, 인형, 지갑, 서랍장, 난로 등이 있었고 어떤 사물은 오랫동안 그녀를 따라다녔다. 그러므로 이 집의 일부가 저 집 속으로 들어갔고 저 집의 일부는 다른 집으로 옮겨졌다. 사물들은 각자의 자리를 위해 노력했지만 어느 날 모든 게 엉망이 되었다. 그녀는 가진 것을 모두 버렸다. 더 이상 속삭임이나 기다림은 없다. 그녀는 거꾸로 천장을 기어올라 뒤집어진 마룻바닥으로 나왔고 다른 집의 오래된 상자를 열었다. 사진 속에는 마르고 창백한 여자와 코스튬을 한 난장이가 있었다. 그녀는 사람들에게 사진을 나눠 줬다. 사진은 모자 속에서 계속 나왔다. 나와 젊은 맑시스트는 긴장한 표정으로 야넥 앞에 섰다. 정웰링턴을 아시나요? 그는 고개를 끄덕였다. 우리는 뛸 듯이 기뻤다. 그렇지만 지금은 너무 피곤하니 내일 봅시다. 야넥이 말했다. 이리는 정오 즈음에 야넥의 집으로 안내해주겠다고 했다. 나와 젊은 맑시스트는 15시 30분 기차를 타고 프라하로 돌아갈 예정이었다. 시간은 충분해. 우리는 사람들을 남겨두고 극장을 나와 나트륨 불빛 밝은 거리를 걸었다. 잠깐 뛰기도 했다. 비를 맞았지만 힘이 났다. 어제만 해도 헤프가 즐거움도 미래도 없는 우울한 도시라고 생각했다. 지금도 여전히 그럴지 모른다. 그러나 극장 안을 가득 메운 사람들은 동유럽 거장 예술가의 작품에 나오는 절망하고 비뚤어진 인물이 아니었다. 칠이 벗겨진 낡은 극장은 너그러움의 상징이며 시간은 원래의 자리로 복귀했다. 퇴근하고 OBI에서 정원 손질용 도구를 사서 식물을 가꾸고 차를 마시고 독일제 차를 타고 공연을 보러 오는 것이다. 공연이 끝나면 포트와인을 마시고 몇몇 동료와 근처 술집으로 자리를 옮겨 이런저런 이야기를 했다. 했던 이야기를 또 하고 했던 이야기를 또 하고.

다음 날 오전 시간이 남아 헤프시 광장에 있는 시립 미술관에 갔다. 미술관 옆에 갤러리 카페가 있었다. 우리는 커피를 들고 중정에서 햇살을 만끽했다. 미술관 입구 안쪽에 매표소와 서점이 있었고 한 명의 직원 외에는 사람을 찾을 수 없었다. 여기 카렐 차페크 책이 또 있어. R... U... R? 로봇이잖아. 이게 로봇이라고? 로봇이라는 말을 처음 쓴 작품이라고. 흠…… 「로봇R.U.R.」은 1923년 이광수에 의해 처음 소개됐다. 「인조인」. 완역된 건 2년 뒤인 1925년. 카프에 가입하기 직전의 박영희가 일어본을 중역해 『개벽』에 연재했다.

제목은 "인조노동자". 박영희는 「인조노동자」에 대한 해설을
잡지 『신여성』에 따로 게재했다. 「인조인간에 나타난 여성」.
간단히 말해 사회주의, 여성주의, 과학기술 삼박자를 동시에
갖춘 셈이지. 박영희가 참고한 일본의 극작가 우가 이쓰오
는 「R.U.R.」에 대해 이렇게 썼다. 로봇이라는 것은 체코슬로
바키아어의 동사 "무임으로 일하다"에서 취한 것으로 이것
을 "무임노동자"라는 의미로 사용한 것이다, 라고 주최단인
시어터 길드(미국의 극단) 사람이 가르쳐주었습니다. 그러나
나는 이것을 마음대로 "인조인간"이라고 번역했습니다. 박
영희는 「인조인간에 나타난 여성」을 다음과 같이 끝맺는다.
헤레나는 죽엇다. 그러나 그는 인류행복을 위해서 학대를 밧
는 인조로동쟈의 해방을 위해서 아름답게 희생되고 말엇다.
그럼으로 헤레나의 아름다운 생명의 힘은 살엇다. 명작에 나
타난 인류운동의 녀셩 소개는 이걸로써 마치자!

　　미술관은 3층이었고 계단 양쪽에 전시실이 있었다. 규모
가 컸고 작품도 많았지만 어느 전시실에도 사람은 없었다. 화
장실 변기는 상아색으로 빛났다. 개관 이후 아무도 화장실을
이용하지 않은 걸까. 나는 약간의 죄책감을 느꼈다. 3층 전
시실에는 사운드 관련 전시가 있었고 스피커에서 어두운 금
속성의 소리가 드문드문 흘러나왔다. 젊은 맑시스트는 플라
스틱 피플 오브 더 유니버스의 1969년 프라하 공연 영상 앞
에 있었다. 런던 같네. 그녀는 현대 미술을 이해하기 힘든데
—사실 이해해야 한다는 강박이 짜증나는데—동유럽의 현

대 미술도 다를·바 없다고 했다. 공산주의의 영향을 받았으면 좀 달라야 하는 거 아닌가. 우리는 미술관이 가장 산책하기 좋은 곳이라는 데 동의했다. 햇살과 바람이 없지만 어떤 몰보다 좋고 그건 미술관 특유의 엉거주춤함 때문이야. 몰은 구매를 위해 야단법석이고 자연은 특유의 무심함이 있는 반면 미술관은 늘 혼란스러워하는 것 같아. 예술이 너무 예술 같으면 키치고 너무 예술 같지 않으면 예술이 아니지. 그럼 어떡하라고? 너무 예술 같지 않으면서 너무 예술 같지 않지도 않아야 해. 뭐래…… 그냥 잘 만들면 되는 거 아니야? 잘 만든 게 뭔데? 몰라, 꺼져. "잘"이라는 걸 보편적으로 규정할 수 있어? 나 진지하게 말해도 돼? 뭘? 너가 읽은 책 다 불태우고 싶어. 아니면 뇌를 꺼내서 클로로포름에 담아 라스푸틴의 성기 옆에 전시하는 거야. 칭찬이야?

야넥은 눈이 작고 코 평수가 넓었다. 동양인의 면모가 있었지만 어딜 봐도 중부 유럽이나 동부 유럽의 백인이었고 노화로 머리가 거의 벗겨졌으며 빠진 건지 원래 그랬는지 눈썹은 흔적만 남았다. 단단하고 인자하게 쪼그라든 노인이었지만 심중을 읽을 수 없는 작은 눈 탓에 냉정하고 섬뜩해 보였다. 정오의 햇살이 창틀 너머 바닥의 모서리까지 간격을 넓혔고 활짝 열어놓은 창문으로 들어온 바람이 방 안을 맴돌았다. 야넥은 격자무늬 담요를 무릎 위까지 덮고 인조가죽으로 만든 안락의자에 앉아 밖을 쳐다보고 있었다. 뭐 하세요? 이리가 물었다. 야넥은 대답하지 않았다. 그는 뭐라도 있는 듯 고개를 박고 있었고 이리는 창가로 다가가 밖을 내다봤다. 오흐제의 초록빛 강물에 다리 위의 물체들이 이동하는 그림자가 비쳤다. 텔레비전 많이 봐? 야넥이 말했다. 젊은 맑시스트가 당황해서 이리를 쳐다봤다. 음, 아버지? 텔레비전 말이다, 많이 봅니까? 야넥이 다시 말했고 젊은 맑시스트는 고개를 저었다. 나인Nein. 이히 지 에스 콤Ich sehe es kaum. 그녀는 티브이 없이 산 지 여러 해가 되었다고 말했다. 그럼 세상 돌아가는 건 어떻게 압니까? 젊은 맑시스트는 아이폰을 꺼냈다. 요즘은 핸드폰에 다 있어요. 나는 두 사람이 무슨 대화를 하는지 알 수 없었다. 이리는 다른 방으로 가더니 양팔에 의자 하나씩 끼우고 돌아왔다. 과장된 아르데코 문양의 등받이가 있는 갈색 의자였다. 우리는 의자에 앉았다. 티브이가 고장 나서 며칠째 아무것도 못 봤어. 다음 주가 돼야 고칠 수 있다는군. 야넥이 말했다. 야넥은 티브이가 처음 들어온 건 1965년이고 그때 이후 책은 한 글자도 안 봤어, 일 때문에 페이퍼를 뒤적거리긴 했지만 책은 한 권도 안 봤지, 반체제분자들은 열심히 보지만 나는 그럴 필요가 없어, 지금도 책 읽는 사람들은 바보라고 생각해,라고 말했다. 러시아와 다른 공산주의 국가는 책을 너무 많이 봐서 미국에게 진 겁니다, 티브이 프로그램을 만들 줄 모르는 거예요. 티브이를 재밌게 만들었으면 공산주의는 아직 멀쩡할 거라고 야넥은 말했다. 그쪽 나라의 티브이는 어떻습니까? 젊은 맑시스트는 나를 쳐다봤다. 할 말이 없다는 표정이었다. 황당한 노

196

인이군. 좋은 얘기 듣긴 글렀어. 나는 티브이는 잘 모르지만 인터넷에 재밌는 게 많다고 했다. 야넥은 눈을 깜박이지 않았고 나와 맑시스트 사이의 어디쯤을 보는 것 같았다. 나는 그에게 아부를 떨어 정웰링턴의 이야기를 들어야 하나 생각했다. 맑시스트는 노인네가 심심해서 거짓말 친 거라고, 시간이 남아돌아 불쌍한 동양인들 데리고 장난치는 거라고 했다. 야넥이 손을 뻗어 의자에 기대놓은 흰 지팡이를 쥐었다. 붉게 탄 그의 팔뚝은 강건해 보였고 이리와 유전자가 같다는 걸 증명하듯 키가 컸다. 다리가 불편해 눈에 띄게 절뚝거렸지만 지팡이를 짚을 때마다 의지하는 게 아니라 부러뜨리려는 것 같았다. 밖으로 갑시다.

야넥과 이리와 젊은 맑시스트는 노변에서 담배를 피웠다. 멀리 강 아래쪽으로 잘 가꿔진 공원과 운동장이 보였다. 사람이 없지만 버려진 느낌은 들지 않았다. 햇빛이 드리운 헤프는 조용하고 한적하고 잘 관리된 마을이었다. 구역질 날 정도로 지루해 보였지만 다들 잘 적응하고 있었다. 프라하는 사람 살 곳이 못 돼. 이리가 말했다. 뭘 안 하기 시작하면 뭘 안 해도 돼. 이리는 하루에 청소를 여섯 시간씩 했다. 그걸로 돈을 버나요. 그냥 하는 거야. 헬레나와 이바의 에어비앤비도 이리가 청소했다. 야넥은 병원에 가봤냐고 했다. 네. 어제 오전에 가봤습니다. 병원 뒤로 돌면 출구가 하나 있어요. 야넥이 말했다. 예전 소각장이 보이는 곳이지요. 쉴 때는 거기서 담배를 피우곤 했습니다. 의사나 간호사들도 거기서 담배를 피웠는데 저보다 자주 피우는 사람은 없었지요. 대화는 거의 없었습니다. 가까워지면 여러모로 피곤하고 또 그들에 대한 불신이 있었거든. 의사 새끼들, 불만만 가득하지, 뭐 그렇게 생각했지요. 한 명 가깝게 지내던 여자 간호사가 있었어요. 될 대로 되라지,라는 심정으로 사는 여자였어요. 공산당 따위 어쩌라고. 사실 대부분의 사람이 그렇게 생각했지만 그래도 순종적이었습니다. 이 나라 사람들 대부분이 그랬고 아니, 대부분 사람이 그렇지요. 권력 따위 엿이나 먹으라지 씨부리지만 사실 엄청 따르거든. 그녀는 아니었어요. 진짜 못 참았습니다. 동네를 뜨고 싶어 안달이었고 다른 사람들도 싫어하고 나도 싫어했지만 저는 가끔 말을 걸었어요. 그녀는 못 이기는 척 이것저것 짧게 얘기해줬지요. 어제 축구 봤어요? 그런 걸 왜 봐요. 핸드볼은? 배구는? 공이 그렇게 좋아요? 그녀는 대화하기 싫은 것 같으면서도 끝내거나 돌아서지 않았어요. 그런데 어느 날인가 담배를 끼운 손가락으로 병원 담벼락 안쪽을 가리키더군요. 보니까 그 동양인 의사가 있지 뭡니까. 그는 담장을 따라 걷고 있었습니다. 담배를 피우는 것도 아니고 뭔가를 하는 것도 아닌데 그냥 산책을 하는지 뭔지. 간호사 말로는 새로 온 과장이라고 했지요. 무척 마르고 눈이 컸던 기억이 나요. 얘기는 한 번도 안 했는데 맨날 혼자 담장을 따라 걷더군요. 다른 사람들과 있기 싫었던 게 분명하지요. 야넥은 목이 잠기는 듯 헛기침을 하더니 침을 뱉었다. 그에 대한 글을 쓴다고 했지요, 그

198

렇지? 야넥이 물었다. 젊은 맑시스트는 고개를 끄덕이며 나를 봤다. 나는 고개를 끄덕였다. 네, 그는 어떤 사람이었습니까? 야넥이 물었다. 그는 운이 없는 사람이었습니다. 내가 대답했다. 말 같지 않은 소리 하지 마시오. 운이 없다면 나나 당신이 그를 기억할 리 없지. 야넥이 말했다. 나는 진짜 운이 없는 사람들을 많이 알고 있소. 그러니까 허튼소리 그만하고 그가 어떤 사람인지 말해보시오. 나는 말문이 막혔다. 젊은 맑시스트가 나 대신 말했다. 그는 레지스탕스의 아들이었습니다. 본인도 반쯤은 레지스탕스였고요. 체코를 거쳐 북한으로 들어가려고 했는데 실패했어요. 그가 자살했다는 사실을 알고 계세요? 맑시스트가 물었다. 늙은 공산주의자는 대답하지 않고 가만히 있었다. 그의 작은 눈동자가 필름 릴을 훑는 것처럼 전후로 빠르게 움직였고 녹색 강물이 거꾸로 흐르면서 광장에 모인 사람들이 모이고 흩어지길 거듭했다. 강철로 된 모자를 든 사람들이 열차에서 떼로 내려 노란색 페인트를 쏟아부었다. 야넥은 동양인이 자살했는데 모른다는 건 있을 수 없는 일이라고 했다. 그렇지만 그때는 사람들이 많이 죽을 때였다. 지금처럼 사람 하나 죽을 때마다 호들갑 떨던 시절이 아니었고 갖은 이유로 인간들이 죽어나갔다. 지금도 사람은 많이 죽어요. 젊은 맑시스트가 말했다. 티브이에 나오나? 야넥이 말했다. 티브이는 믿을 게 못 돼요. 맑시스트가 말했고 야넥은 자신이 정웰링턴의 자살을 기억하냐 안 하냐가 중요하냐고 물었다. 그 사실을 확인하러 온 겁니까? 그런 거예요? 아니요. 그가 자살한 건 확실합니다. 그런데 왜 물어봅니까? 그것 말고는 그에 대해 알려진 게 없어서요. 그가 몇 년도에 이곳에 왔고 어떤 직책에 있었으며 언제 죽었다는 사실 말고는 아무것도 아는 게 없어요. 내가 말했다. 나는 말을 계속하는 게 부끄러웠고 크게 잘못한 것 같다는 생각이 들었다. 나는 많은 걸 알지만 아무것도 모르는 것과 다를 바 없다. 우리가 과거에 대해 이 이상 어떻게 알 수 있을까? 야녁이 말했다. 이봐요, 나도 그에 대해 아는 게 없습니다. 솔직히 말하면 이리가 당신들 얘기를 했을 때 그가 바로 떠오른 게 기적이라고 할 수 있지요. 하지만 바로 기억이 나더이다. 기억력이 예전 같지 않은데도 불구하고 말입니다. 그가 자살했다는 기억도 없고 목소리도 성격도 아무것도 기억 안 나요. 간호사가 손가락질한 그곳에 남자가 있었다는 것 말고는 사실 아무것도 모르겠습니다. 그런데 이것도 당신들이 아니었으면 기억 못 했을 거요. 무슨 말인지 알겠소? 나는 전쟁에 두 번 참전했고 두번째 전쟁에서 무릎이 나갔지. 총알이 여기를 뚫고 지나갔소. 뭐 대단한 일이라고 말하고 싶진 않지만 가끔 당신네들을 보면 화가 나는 건 사실이오. 시대가 달라지면 예전 일은 싹 잊어버려요. 무슨 말인지 알겠소? 예전 일은 다 잊어버린다고. 입만 살아서 당신들이 잘못했니 역사가 어쩌니 같은 말이나 지껄이지. 나는 뭐가 옳고 그른지 모르오. 옛날에는 콧잔등을 주먹으로 후려치면서 싸우기도 했는데 말이오. 어느 순간 다 포기했어요. 모르겠거든. 그래도 당신들이 말하니 그 간호사도 생각나고 말이지. 듣자 하니 그녀는 프라하로 갔다가 1969년 봄에 일을 당했다더군. 망명했다는 말도 있고 말이요. 여기 있는 아들 놈도 오래 이 나라를 떠나 있었지. 영화를 하니 방송을 하니 여기저기 쑤시고 다니다가 이제는 청소부가 됐지. 나는 정웰링턴의 사진을 보여줬다. 이 사람이에요. 야넥이 사진을 한참 쳐다봤다. 정웰링턴 말고도 많은 아시아인들이 체코로 왔다. 그러나 이자가 맞군. 담장 옆에 서서 나와 간호사를 쏘아봤어. 맞아, 그래. 이 사람이야.

젊은 맑시스트는 헤프를 산책하던 중 레닌 동상을 발견했고 신나서 사진을 찍었다. 야넥에게 그 동상은 뭐냐고 물었고 야넥은 레닌이라고 했다. 레닌인 건 아는데 거기 있는 다른 이유가……? 그 건물 예전에 콤소몰 위원회였어. 지금은 뭔지 모르겠네? 뭐지? 이리는 고개를 저었다. 저도 모르는데요. 아직도 그런 게 있어? 레닌 동상? 맙소사.

친 펑은 중국계 말레이시아인으로 1930년에 창설된 말레이시아 공산당의 지도자였다. 반일 투쟁에 앞장선 레지스탕스였지만 해방 후 말레이시아를 점령한 영국에 대항하면서 테러리스트로 낙인찍힌다. 젊은 맑시스트는 친 펑에 대한 이야기를 말레이시아 사회주의당 당원인 시바란자니 마니캄에게 들었다고 했다. 그런데 이 책에도 나오네. 그녀는 읽고 있는 책을 보여줬다. 『마르크스/레닌/드보르』. 친 펑은 어떻게 말라야의 공공의 적 1호가 되었을까요? 말라야 민족해

201

방군은 숲속에서 게릴라전을 하며 버텼지만 1957년 말레이 연방 독립 이후 투항했고 친 펑은 태국으로 추방당해 망명 생활을 한다. 대부분의 말레이시아 사람들은 그를 증오하거나 모릅니다. 시바란자니 마니캄이 말했다. 친 펑의 이야기는 다큐멘터리로 제작됐고 책도 나왔지만 복권은 이루어지지 않았다. 오히려 친 펑에 대한 영화는 말레이시아 연방 설립 이후 최초로 상영 금지당한 영화가 되었다. 마니캄은 이제까지와는 다른 작품을 만들 생각이라고 했다. 공산주의니 회담이니 하는 건 그만하고 숲속의 이야기를 제작하려고 합니다. 컴뱃 모드지요. 영국에게 어떻게 맞섰는가를 게임 형식으로 만들려고요. 진짜 게임도 만들어지면 좋겠죠. 그런 걸 해도 되나요? 비극적인 역사를 게임으로? 안 될 게 뭔가요? 영국 정보부가 실제 사람들을 가지고 했던 걸 저는 가상으로 만드는 것뿐입니다. 어린 친구들이 게임을 하면서 사회주의에 눈을 뜨길 바라는 거죠.

어떤 독자를 생각하고 글을 쓰냐고 젊은 맑시스트가 질문했다. 열차 안이었고 나는 김석형의 무거운 구술집을 읽으며 졸고 있었다. 체코의 서쪽 들판이 창밖을 지나갔다. 응? 생각하는 독자가 있어요? 가끔 받는 질문이지만 한 번도 제대로 된 답이 떠오르지 않았는데 그날 열차 안에서 처음 생각났다. 나는 말했다. 한국어를 모르는 사람. 한국에 와본 적 없고 자기 나라의 어느 도시에 살며 매일 해야 하는 일이 있는 사람. 읽는 걸 좋아하고 쓰는 것도 좋아하고 책을 출간하고 싶지만 어쩌면 그냥 가까운 사람들 몇몇과 공유하고 싶어 하는 사람. 퇴근하면 피곤해 죽을 것 같지만 책과 노트 따위를 챙겨 카페로 가서 커피를 주문하고 책을 읽는 사람. 날씨 좋은 초여름 저녁이나 초가을 저녁, 사람들은 약속을 잡고 술을 마시고 어울려 놀지만 그는 매일 카페에 앉아서 책을 보고 있는 거야. 졸릴 때도 있고 지루할 때도 있지만 대부분 지금 이 시간이 너무 좋아 어쩔 줄 모르고 책을 읽고 있으면 세상을 다 가진 것 같고 그런 기분이 드는 거야. 끝장이다, 이번 생은 망했다, 이런 생각이 들면서도 저녁마다 밤마다 책을 읽는 걸 멈출 수가 없어. 집에 와서 완전 녹초가 되고 출근을 무슨 정신으로 하는지 모르겠는데도 말이야. 나는 그런 사람을 상상하고 글을 쓰는 것 같다고 그녀에게 말했다. 내가 그랬기 때문이다,라는 말이 목구멍까지 올라왔으나 참았다. 그 말은 꼭 나를 독자로 생각한다는 말 같았기 때문이었고 이미 인터뷰에서 여러 번 그렇게 말한 적이 있었다. 내 책의 첫번째 독자는 나라고. 그 말은 진심이었고 지금도 변함이 없으며 변할 수 없는 사실이다. 그런데 어느 순간 그 이상을 원하게 되었고 그 이상이 아니면 글을 쓸 수 없다는 생각이 들었다. 그런데 독자를 찾을 수 없다. 누구를 위해서 글을 쓰지? 진정한 작가는 자기 자신을 위해 글을 써야 한다. 그러나 그건 더 이상 이유나 동력이 되지 않는데 갑자기 열차 안에서 떠오른 것이다. 새로운 독자가. 다른 곳에 있지만 나와 유사한 상황에 놓여 있고 하지만 내가 아닌.

그런 사람들이 수없이 많을 것이고 나는 어쩌면 처음부터 그런 사람들을 위해 글을 써왔는지도 모르겠다고 말이다.

체코의 반체제주의자이자 「77헌장」의 서명자 중 하나인 바츨라프 벤다는 자신을 비판하는 사람들에 대항해 병행 정치라는 개념을 만들었다. 세계가 용납할 수 없는 지경에 이르렀을 때 적극적이고 투쟁적인 방법으로 저항하는 게 아니라 자신만의 진리 안에 새로운 영토를 만드는 것. 사람들은 병행 정치를 냉소적이고 방어적이라고 생각했지만 벤다는 기존 정치의 투쟁 개념이 오히려 동어반복이라고 생각했다. 병행 정치는 개인주의로 끝나지 않고 병행 정보 네트워크, 병행 교육, 병행 경제로 발전해 병행 폴리스를 이룬다. 독립적인 영토가 이상한 방식으로 넓어져가는 것이고 이것이 최종적인 변화를 만든다. 젊은 맑시스트는 공산주의 체제에 저항하기 위해 만든 개념을—한마디로 말하면 적의 개념이지—자유주의와 자본주의에 적용할 거라고 했다. 적들이 평등과 저항, 비판 개념을 원료로 습득했다면 나는 반대로 하는 거야. 어때요? 음. 구체적으로 뭘 어떻게 하는 건지 알 수 없었지만 나는 우선 좋다고 말했다. 좋아요. 멋있어요. 젊은 맑시스트는 빌소노보역 앞의 EMA 에스프레소 바에서 커피를 마시며 서울에서 다시 만나자고 했다. 좋아요. 그런 생각은 안 해봤어요? 뭐요? 야녁이 사실 정웰링턴을 감시한 비밀경찰이었다, 그런 거. 어쩌면 그랬을지도 모른다. 완전히 가능성이 없는 건 아니었고 세상은 좁으니까 어떤 우연이 우리를 찾아올지 모를 일이다. 그러나 나는 생각하지 않았고 염두에 두지 않았다. 야넥이 정웰링턴의 서류를 작성한 사람이라면 그에게 무슨 이야기를 들을 수 있을까. 변명일까 후회일까. 어느 쪽이 되더라도 나는 우리가 하는 말을 믿을 수 없었다. 말은 언제나 해야 하는 말이나 할 수 있는 말을 할 뿐이다. 말의 내용에서 의미를 찾아서는 안 된다. 말은 존재하지 않을 때에 더 의미 있지만 이것이 침묵을 뜻하는 것은 아니다. 우리가 행동하고 생각하고 말하는 과정이 교차하며 오가는 무수히 많은 순간에서 아주 가끔 의미가, 무언가 일치되고 연결되는 순간이 탄생하지만 그때가 지나면 그것을 표현할 수단은 사라진다. 그러한 경험은 공유할 수 없고 전달할 수도 없다. 그렇지만 그런 순간들은 사라지지 않는다. 영원히 남아서 존재하고 있다. 단지 망각할 뿐이다. 나는 젊은 맑시스트에게 말했다. 음…… 생각 안 해봤어요. 왜요? 재밌고 좋을 거 같은데. 영화화할 계획이라면 지금이라도 생각해봐요. 젊은 맑시스트가 말했다. 오랜 세월 묵혀뒀던 트라우마가 불현듯 현실을 찢고 나오는 마지막 순간에 복받쳐 오르는 충격과 감동, 회한, 그리고 구원. 내가 말했다. 아직도 그런 걸 믿어요?

한진은 1963년 카자흐스탄의 서부 도시 크즐오르다에 도착했다. 크즐오르다에는 김일성종합대학 시절 스승이었던 정상진을 비롯한 재소 고려인들이 살고 있었고 한진은 새로

205

운 직장을 찾기 위해 이곳에 왔다. 아내인 베트로바 지나이다 이바노브나는 여전히 시베리아 바르나울에 살고 있었다. 바르나울과 크즐오르다는 1천9백 킬로미터 떨어져 있고 바로 가는 열차가 없어 알마아타를 거쳐야 했다. 한진과 그녀는 집 문제가 해결된 1년 뒤에야 만났고 함께 살 수 있었다.

숭실대학교 한국문예연구소 문예총서로 나온 『한진 전집』을 엮은 김병학 씨는 고려인 최초 강제이주지인 우슈토베에서 한글학교 교사로 일하던 1992년에 한진을 처음 만났다. 그들은 한방에서 유숙했고 한진은 김병학 씨에게 이름을 적어달라고 수첩을 내밀었다. 한진은 다음 해인 1993년 암으로 죽었다. 김병학 씨는 2011년 알마아타에 방문해 한진의 유고를 정리했다. 한진의 아내인 지나이다는 여전히 생존해 있었고 모든 자료를 소중히 보관했다. 김병학 씨는 정리 과정에서 자신의 이름이 적힌 수첩을 발견했다고 한다. 『한진 전집』에는 지나이다가 오랜 시간 보관하던 한진의 편지도 실려 있다. 김소영 감독의 다큐멘터리에서 지나이다는 지금도 잠들기 전에 한진의 편지를 읽는다고 말했다.

지나 안녕! 당신은 나에 대해서 자세히 써달라고 부탁했소. 여기는 따뜻하다오. 낮에는 덥기도 하고. 사람들은 벌써 외투를 벗고 다니고 있소. 그런데 이상하게도, 날씨가 맑아졌다가 아침에 일어나면 다시 비가 내리곤 한다오. 나는 바지가 다 떨어졌소. 신발도 떨어졌고. 아마 월급을 받으면 신발도 사고 검정색 바지도 사야겠소.

여기서는 사람들이 벌써 텃밭에 야채를 심고 있소. 시장에서는 파를 팔기 시작했소. 친구들은 가끔씩 편지를 써서 보낸다오. 당신이 조금만 더 가까이에 있다면 나는 찾아갔을 것이오. 하지만 괜찮소. 조금만 있으면 우리도 행복하게 살 것이오. 비록 당신과 멀리 떨어져서 살고 있지만 나는 항상 우리에 대해서 생각하고 있다오. 당신의 사랑을 정말 귀중하게 여기고 있소. 아들이 무척 보고 싶구려. 몸조심하오. 당신에게 키스를 보내오. 당신의 대용.

『참고문헌』

『모든 것은 영원했다』는 아래의 텍스트와 함께 씌어졌다. 반드시 필요했던 책도 있고 다른 것으로 대체될 수 있는 텍스트도 있지만 지금의 형태 안에서 모두 동일하게 우연의 자리에 놓았다. 확정적이고 불변적인 것이 아닌 가변적이고 연속적인 목록이며 다시 읽고 쓰고 생각하기를 반복하는 흐름이다.

정병준, 『현앨리스와 그의 시대: 역사에 휩쓸려간 비극의 경계인』; 피터 현, 『만세!: 현순 목사의 아들 피터 현이 기억하는 삼일운동과 상하이의 독립운동가들』(임승준 옮김); Peter Hyun, *In the New World: The Making of A Korean American*; 선우학원, 『아리랑 그 슬픈 가락이여: 미주이민 90년을 맞으며』; 나데쥬다 만델슈탐, 『회상』(홍지인 옮김); 자크 모노, 『우연과 필연』(조현수 옮김); 아녜스 푸아리에, 『사랑, 예술, 정치의 실험: 파리 좌안 1940-50』(노시내 옮김); 레닌, 『무엇을 할 것인가?』(최호정 옮김); 카를 마르크스, 『유대인 문제에 관하여』(김현 옮김); 김석형, 『나는 조선노동당원이오!』(이향규 채록); 한진, 『한진 전집』(김병학 엮음); 조디 딘, 『공산주의의 지평』(염인수 옮김); 빅토르 세르주, 『한 혁명가의 회고록』(정병선 옮김); 에드먼드 윌슨, 『핀란드 역으로:

역사를 쓴 사람들, 역사를 실천한 사람들에 대한 탐구』(유강은 옮김); 서동진·김성희·서현석, 『옵.신 7호: Other Scenes』; 티머시 리어리,『플래시백: 회상과 환각 사이, 20세기 대항문화 연대기』(김아롱 옮김); 로제 그르니에,『나의 위대한 도시, 파리』(백선희 옮김); "Pour en finir AVEC le confort nihiliste", *Internationale Lettriste no. 3*; Cindy I-Fen Cheng, *Citizens of a Asian American*; 홍제인,「워싱턴에서의 조망: 미국의 정치적 국외추방과 한인 디아스포라」; 정병준,「朴順東의 항일투쟁과 美전략첩보국(OSS)의 한반도침투작전」; 강은지,「[선우학원 박사에게 듣는 미주 동포운동사2] "돈 모아 독립운동 자금 보내는 것이 가장 큰 낙이었다"」(『민족21』); 전경수,「평양정권이 숙청한 인류학자 한흥수(韓興洙, 1909~?): 굴절과 파행의 '고려인류학(高麗人類學)」; 진필수,「월북 인류학자 한흥수의 『독립(Korean Independence)』 기고문 소개」; 샹탈 애커만,「동쪽D'Est」; Geoffrey Luck, "The Death and Mystery of Jan Masaryk"; 자크 랑시에르,『모던 타임스: 예술과 정치에서 시간성에 관한 시론』(양창렬 옮김); 세르게이 에이젠슈테인·알렉산더 클루게,『〈자본〉에 대한 노트』(김수환·유운성 옮김); 슬라보예 지젝,『처음에는 비극으로, 다음에는 희극으로: 세계금융위기와 자본주의』(김성호 옮김); 알랭 바디우,『세기』(박정태 옮김); 알랭 바디우·페터 엥겔만,『알랭 바디우, 공산주의 복원을 말하다』(김태옥 옮김); Linda Dušková, "GEOMETRIE DOMOVA"; Frédérique Devaux

& Michel Amarger, "CINEXPÉRIMENTAUX 1-4"; Nicolas Rey, "Les Soviets plus l'électricité"; 서울국제실험영화페스티벌 (https://ex-is.org/journal/nocolasrey); Darren Hughes, "A Conversation with Nicolas Rey"; 황정현, 「1920년대 『로숨의 유니버설 로봇』의 수용 연구」; 김효순, 「카렐 차페크의 「R.U.R.」 번역과 여성성 표상 연구」; 김병기, 「바다에서부터 시작된 말레이시아 사회주의당」; 아그네스 쿠, 「노래와 춤이 좋아 혁명에 가담하다」(《민중언론참세상》); 이언 해킹, 『우연을 길들이다: 통계는 어떻게 우연을 과학으로 만들었는가?』(정혜경 옮김); 이블린 폭스 켈러, 『유전자의 세기는 끝났다』(이한음 옮김) 『생명의 느낌: 유전학자 바바라 매클린톡의 전기』(김재희 옮김); 에르빈 슈뢰딩거 외, 『과학과 방법/생명이란 무엇인가/사람 몸의 지혜』(조진남 옮김); 에른스트 페터 피셔, 『과학의 파우스트』(백영미 옮김); 리어우판, 『상하이 모던: 새로운 중국 도시 문화의 만개, 1930-1945』(장동천 외 옮김); 레닌, 『먼 곳에서 보낸 편지들』(이정인 옮김); 레닌, 『혁명의 기술에 관하여』(정영목 옮김); 카차 포그트, 『고대 회의주의』(김은정 외 옮김); 임홍빈, 「삶의 형식으로서의 퓌론주의(Pyrrhonism)와 그 인식론적 변형」; 박승권, 「피론학파 회의주의는 철학인가: 『피론주의 개요』의 철학의 의미를 중심으로」; 박규철, 「비트겐슈타인은 새로운 회의주의자인가?: 비트겐슈타인의 회의적 역설에 대한 크립키의 해석과 피론주의 회의주의를 중심으로」; 황설중, 「니체와 고대 피론주의: 니체

의 관점주의와 아이네시데모스의 트로펜을 중심으로」; 앙토
넹 리엠, 「60년대의 체코문화」(오생근 옮김); 김덕호, 「냉전 초
기 코카콜라와 미국 문화산업의 세계화」; 김혜진, 「눈물과 웃
음 사이: 체코 뉴 웨이브와 카프카적 유머」; 황명준, 「전후처
리 관련 중부 유럽의 법적 쟁점: 독일-체코 관계와 그에 유
래하는 사례를 중심으로」; 김소영, 「굿바이 마이 러브 NK: 붉
은 청춘」; 김동원, 「송환」; 리진, 『윤선이』『싸리섬은 무인도』;
정덕준·이상갑, 「탈북 고려인 작가 리진 소설 연구」; 리처드
스타이츠, 『러시아의 민중문화』(김남섭 옮김); 얀 네루다 외,
『프라하』(이정인 옮김); 프란츠 카프카, 『소송』(권혁준 옮김);
야로슬라프 하셰크, 『병사 슈베이크』(강흥주 옮김); 라인하르
트 코젤렉, 『코젤렉의 개념사 사전11: 위기』(원석영 옮김); 카
렐 차페크, 『유성』(김규진 옮김) 『R.U.R.: 로줌 유니버설 로
봇』(유선비 옮김); 이태준, 『소련기행, 농토, 먼지』; 최인훈, 『화
두1』『화두2』; 리카르도 피글리아, 『인공호흡』(엄지영 옮김);
조르주 페렉, 『인생 사용법: 소설들』(김호영 옮김); 신윤동욱,
「"공산주의자 살인 장면 없다고 상영금지"」(『한겨레21』); 알
렉세이 유르착, 『모든 것은 영원했다, 사라지기 전까지는: 소
비에트의 마지막 세대』(김수환 옮김); 보리스 그로이스, 『코
뮤니스트 후기』(김수환 옮김); 카렐 차페크 외, 『체코 단편소
설 걸작선』(김규진 외 옮김); 샹탈 무페, 『정치적인 것의 귀
환』(이보경 옮김) 『경합들: 갈등과 적대의 세계를 정치적으로
사유하기』(서정연 옮김); 바츨라프 하벨, 『힘없는 자들의 힘』

(이원석 외 옮김); 슬라보예 지젝,『전체주의가 어쨌다구?』(한보희 옮김); 예발트 일리옌코프,『인간의 사고를 어떻게 이해할 것인가?: 변증법적 논리학의 역사와 이론』(우기동 외 옮김); 바를람 샬라모프,『콜리마 이야기』(이종진 옮김).